美文馆

正能量 ● 美文馆

美好比美更好

MEIHAO BI MEI GENG HAO

心灵
正能量

主编 ◉ 王国军

郑州大学出版社

图书在版编目(CIP)数据

美好比美更好/王国军主编. —郑州:郑州大学出版社,
2015.2(2023.3 重印)
(正能量·美文馆)
ISBN 978-7-5645-2144-8

Ⅰ.①美… Ⅱ.①王… Ⅲ.①散文集-中国-当代
Ⅳ.①I267

中国版本图书馆 CIP 数据核字(2015)第 006126 号

郑州大学出版社出版发行
郑州市大学路 40 号   邮政编码:450052
出版人:孙保营   发行部电话:0371-66658405
全国新华书店经销
三河市鑫鑫科达彩色印刷包装有限公司印制
开本:710 mm×1 010 mm 1/16
印张:13
字数:194 千字
版次:2015 年 2 月第 1 版   印次:2023 年 3 月第 2 次印刷

书号:ISBN 978-7-5645-2144-8   定价:42.00 元
本书如有印装质量问题,请向本社调换

编 委 名 单

序

曾和一群朋友讨论过，什么样的生活是我们想要的。我想，这种生活，首先是自由的、快乐的，令人满意的，并且能通过自己的双手演绎得精彩无限。

也许每个人都希望自己是幸运的，做什么事情都一帆风顺，但命运这架天平的砝码，却永远掌握在自己的手里，想要多好的生活，就应该付出多大的努力。中间多艰难不要紧，只要肯努力，总会有一条路能走出精彩。

但很多时候，看到别人被鲜花和掌声簇拥，很多人并不去想那掌声和鲜花背后的汗水和泪水，却总是怨恨老天的不公，哀叹自己的怀才不遇。仔细想想，没有奋斗，哪来的成功？因此，不要羡慕别人的成功，不要埋怨自己付出了却没有收获，应该静下心来，想一想，你真的为你的梦想做到问心无愧了吗？

我们来看看这个奋斗的"奋"字吧，上下拆开，就是"一""人""田"三个字。你想想啊，一个人在一块很大的田地里劳作，能不辛苦吗？可是，也只有辛苦劳作，才会有收获，才会有成功。任何成功都不是平白无故而来的，不是躺在家里做白日梦就能得来的，必须"奋斗"才行。"奋"是一种态度、一种气魄、一种谋略，而"斗"却是实干，是争取。

当然，要想成功，也并不是仅靠奋斗就行的，还要善于把握机遇，人生总有很多偶然，每次偶然也都是一次机遇，只要抓住其中一次机会，坚持不懈，就能改变自己的命运。

编选"正能量·美文馆"丛书，是我们响应广大读者的阅读要求，新扩展的贴近生活、贴近心灵的系列图书，也是一套教你排除负面情绪，掌控正向能量的心灵之书。"正能量·美文馆"丛书共计十卷，精选《读者》《青年文摘》《格言》《知音》等知名杂志作家最温暖人心的心灵美文，作者涵盖朱成玉、王国军、刘清山、包利民、马浩、鲁先圣、孙道荣、清心、古保祥、崔修建、侯拥华、纪广洋、凉月满天、张军霞等人。

这些精选的美文内容生动、充实，或出自你我身边，或源自经典案例，或来自于内心深处的思想结晶，在这些文字中，你可以感悟青春，体验爱，领略成功的魅力……

编者

2014 年 8 月

目 录

1

第一辑

梦想究竟有几条腿

梦想如阳光一样，眷顾着每一个人。虽然失去了双腿，却可以给梦想插上一对翅膀，只要你不停地挥动翅膀，就最终可以飞越重重苦难险阻，抵达人生的一个新高度！

2005 年的那一场雪

沈岳明

　　离 2005 年元旦还有 20 多天时,我的心便一直是提着的。因为元旦我要随妻子去她的老家湘西古城黔阳(现在与洪江合并了),这个日子是早就定下来的,于是,我一直担心会遇上恶劣天气。

　　虽然我与妻子在 2004 年国庆节时,回我的老家湘北举行了婚礼,也拿到了结婚证书,但对于她的父母来说,我依然是一个未过门的女婿。如果因为恶劣天气影响了出行,怎么对得起翘首盼望了几个月的岳父、岳母?

　　随着时间的一天天临近,我的心也紧成了一团。因为天气预报并没有给我带来好消息。尽管广州的天气依然是秋高气爽,可湘西却下起了雨,并且还有可能下雪。我跟妻子说:"要不,咱们等过完春节,选个好天气再去吧!"妻子有些犹豫,但还是听了我的建议,因为她也觉得下雪天出行,会有诸多不便。

　　妻子给父母打电话,以商量的口吻说,能不能取消这次回家的计划。妻子的父母不同意,理由是,他们已经通知了所有的亲戚朋友,还要在湘西给我们举办婚礼呢。这个理由,让我们无法拒绝。于是,元旦那天,尽管湘西已经下起了鹅毛大雪,但我们还是准时出行了。

　　火车一路往北,又往西,穿过无数又长又黑的隧道,我的心里也充满了对未知的恐惧。尽管妻子早就跟我说过,湘西是山区,但我还是大吃了一惊,真没想到会那么"山",好像整个怀化城,不,整个湘西,都住在一座大山里。

　　坐在我们对面的是一对母女,母亲三十多岁,女儿八九岁的样子。一路

上,女孩不停地跟母亲说着话,看什么都新鲜的她,激动兴奋的样子,与我的心情形成了巨大的反差。

从她们的对话中,我粗略地了解到,女孩是第一次跟母亲回外婆家,她的父亲也没见过岳父、岳母,本来这次想一家三口一起的,但女孩的父亲临时有事走不开,所以便只有母女两人回去了。

我只顾想着心事,妻子可能累了,歪在我的身上睡着了。所以,我们谁都没心思听女孩跟她的母亲絮叨。

一下火车,我们便像突然掉进了冰窖,这让在广州生活了多年的我们,着实见识了什么叫冷。尽管我们早就提前准备了棉衣、毛裤,但那些从广州购买的棉货,似乎单薄得根本无法抵御大山里零下6 ℃的寒冷。我们一边跺脚,一边搓手,但牙齿还是一个劲地在打战。

当我们来到汽车站时,却被告之因大雪封山,暂时取消了自怀化到洪江、安江等地的客运车辆。我望着妻子,心说怎么办? 她似乎也没料到会发生这种情况,毕竟在外多年,对故乡的了解并不多。

我说:“要不咱们先找个旅店住下?”妻子反问我:“这雪一时半会也停不了,估计未来几天也通不了车,我们总不能老住在旅店里吧?”

我说:“那怎么办? 要不,我们现在就回广州?”妻子显得很犹豫,多年没回家了,现在马上就要见到父母了,可却因为这场大雪,而不得不再次与近在咫尺的家别离。最后,妻子一咬牙,说:“行吧,你去买回广州的车票,我还得跟父母通个电话才行。”

广州的车票很顺利地买到了,两个小时后,便能坐上回广州的列车,我虽然有些遗憾没能见岳父、岳母一面,但总算是不用在这个陌生的地方挨冻了,终于松了一口气。

当妻子与父母通完电话,看到我的手里拿着两张车票时,歉疚地说:“这票得退了,爸说,虽然大雪封山不通公车,但私车还是通的,我们可以试着去找那些‘黑车’!”

我的心一下子又紧了起来,说:“连公车都不通,去找那些‘黑车’,多危

险呀!"妻子无可奈何地望着我,说:"爸说了,亲戚朋友明天就都到了,咱们的婚礼,大家都见不到咱们,这像什么样子?"

确实不像样子,我觉得任何语言,在此时都显得苍白无力。我没再说话,默默地将车票退了,然后我们一起去找"黑车"。

"黑车"果然在我的预料中出了问题。当司机让我们下车后,我才发现,那车的一只轮胎已经脱落,只剩下三只轮胎勉强支撑着,才没让车翻掉。而我们的脚下便是万丈深渊。我们吓出了一身冷汗,如果司机没有及时发现轮胎脱了,再迟那么一点儿停车,我们就丧身山崖了。

随我们一起下车的,竟然还有那对母女,她们显然也发现了我们,女孩高兴地冲我喊叔叔好。她显然对刚才那危险的一幕毫不知情,依然欢快得像一只云雀,不停地缠着妈妈问,何时才能到外婆家。

"黑车"坐不成了。妻子显得很无奈,同时又觉得很对不起我,问我后不后悔娶了个山里姑娘,我嘿嘿地笑着,心却一点点地往下沉,不知道下一步应该怎么走。

这时,一辆的士从身边驰过。我跟妻子几乎同时追了上去。的士确实空着,但他只想回家,这么恶劣的天气,他哪儿也不想去了。我表示愿意多出钱,但司机依然摇头,意思很明显,他只想保命,不想赚钱。

妻子急得哭了起来,并不停地向的士司机说好话。最终,的士司机很可能是被自己的善心与我们的高价一起征服了,才答应跑一趟。

就在我们要出发时,那对母女出现了。望着女孩那张无忧无虑的脸,我竟毫不犹豫地答应载上她们。一路上,都能听到女孩欢呼的声音,但我的脑子里却全是滚下山崖时的壮烈画面。

大约行驶了一个多小时,的士停了下来,原来那对母女到家了。女孩甜甜地冲我们喊:"叔叔阿姨再见。"我们的车子继续往前,可是还没走多远,又停下了,只见前面一处路段塌方了,挖土机正在清路,看来一时半会儿是过不去了。

我走下车,想活动一下筋骨,驱驱寒气,却见那女孩正站在我们面前。

女孩说:"叔叔,你们一时走不了,就来我外婆家歇歇脚,喝杯热茶吧!"

随女孩进到她外婆家的小木屋,边喝茶边烤火,身上顿时暖和多了,但我的心里依然深感阴冷。

这时,女孩与她外婆的对话,传入了我的耳朵。女孩说:"外婆,我真是太高兴了,第一次见到亲爱的外婆,第一次见到这么多的雪,第一次看到这么多的山……还有,那辆客车真是太搞笑了,居然掉了一个轮胎,还没摔倒。咯咯咯……最有意思的是,前面的路还被泥石埋住了,让我有机会将新认识的叔叔阿姨,带到家里来玩。外婆,您现在知道了吧,我和妈妈就是坐他们打的的士,才能这么快见到您的。"

原来,我们诅咒的、厌恶的这一切,在那个女孩的眼里,竟然是如此生动和有趣!尽管雪还在下,天气依然寒冷,但我的心情却突然晴了起来。

因为我从女孩的身上,学到了这么个道理:当所有事情都变得糟糕和无法改变时,我最少还能主宰和改变自己的心情。

接下来,公路恢复了通行,我们又坐了一个多小时的车,才来到了一个叫花树脚的地方,再接下来,我们又在雪地里步行了两小时的山路,直到晚上7点多钟,天已经黑透了,才摸到位于古峰山半山腰的岳父、岳母家。但整个过程中,我再也没有抱怨,没有愤怒,甚至没有担心,我一边迈动双腿往山上攀登,一边欣赏沿途银装素裹的大山,即便天黑了,那漫天的雪花,也能将我的眼前映得透亮,而我的心里,竟然为了这段难得的经历,透着股股欣喜。

路上遇见的几个人

包利民

一

去贺兰山旅游,满目苍凉,绝少草木。不知不觉转进大山深处,颇有空山寂寂之感。忽闻歌声,男子粗犷的嗓音,虽音律不准,却有着一种豪迈的情绪。急急向上走,看见了那个四十岁左右的男人,手提一丝袋,正在山石间找寻着什么。

慢慢与之攀谈,知晓他是上山来捉蝎子的。当时正是黄昏时分,有许多捉蝎人散入群山。捉了蝎子可去城里卖钱,他给我讲,家中贫困,妻子患病,儿女上学,每天傍晚都要上山捉蝎子,直到深夜。果然见他身上背了一个大手电,于是问他:"不会有危险吗?"他笑,对我说,曾被蝎子咬得中毒昏迷,也曾在夜里下山时摔进山沟,更曾路遇劫匪,尽是艰险重重的样子。又问他怕不怕,他说:"习惯了,怕也得来,一个人在山里,就大声唱歌,一唱起来,什么害怕的心思都没有了!"

是啊,用歌声驱散路上的恐惧孤寂,也装点了自己的心境。和他告别,走出不远,又听见了他的歌声。山中虽无草无树,可我却听到了最直入心灵的声音。

二

春节前的火车站,人山人海,排在长长的队伍中,售票窗口如远在天涯

般难以接近。终于排到了,票却已售完。似乎每个人都在经历着这一过程,家乡是那样难以企及。

我前面是一个三十多岁的女人,带着一个六七岁的女孩,同样没有买到票,都是满脸着急的样子。她们站在那里,不知所措,身前身后都是买到票的欢欣和买不到票的沮丧。忽然,听见那女孩喊:"谁的车票丢了? 我捡到一张车票!"

人们都围拢过去,此时的一张车票,千金难求。于是许多人说自己丢了票,女孩却聪明地问:"你说说是到哪里的车票? 日期时间? 多少钱?"人们或者哑口无言,或者回答不正确。终于,一个憨厚的年轻人一脸着急地挤到近前,说出了车次起始站以及时间和票价,女孩把票还给了他。

人们散去。女孩对妈妈说:"正是到咱家的那趟车呢,我正好认识那些字。妈妈,你不会怪我吧? 要是咱们有一张票,就可以回家过年了!"女人温柔地笑,抚了抚女孩的头:"好孩子,你做得对啊! 妈答应你,不回家过年也给你买新衣服!"

看着周围一张张焦急冷漠的脸,心里忽然就温暖起来,连不能回家的烦恼也被驱散。仿佛有什么东西在心底融化了,流淌着一种希望,一种感动。

三

在哈尔滨火车站前,遇见两个乞丐。其中一个是残疾人,坐在地上,一条腿变形得从后面绕在脖子上,让人不忍直视,面前还放着一个纸壳,上面歪歪扭扭地写着些艰难以博取同情的话。与之相比,另一个乞丐却看起来健康无病,只在面前置一纸盒,不言不语,那纸盒中,只有零星可数的硬币和角票,而另一位的纸盒里,却快要盈满。

买了票回旅店休息,天快黑时来乘车,再度遇见这两个乞丐,状况依旧。此时行人渐渐稀少,只见那个残疾乞丐将盒里的钱倒进胸前的一个旧书包里,然后伸手将盘在脖子上的那条腿搬下来,在我惊愕的目光中起身,用力

跺了两下脚,大踏步走了!他竟然不是残疾人!而另一个乞丐目睹这一场景,没有丝毫的感情波动,也收拾着东西要离开。

出于好奇,我走上前问:"你看见了吧?要像那样才能要到钱呀!再说,就算你学不会那一套,看你身体不错,大可以干些活赚钱呀!"他看了我一眼,大口喘了几口气,脸色变白,费力地说:"我不想那样要钱,也不敢花那样要来的钱。我本来就是在工地上干活的,工伤,砸伤了肺。他们给我治好了病,可是再也出不了力了,更不能干活了,我只想要些钱回家去!"短短的几句话,却像掏空了他所有的力气,喘成一团,额上一层细密的汗。

遇见过无数的乞丐,真正凄惨者有之,骗人者有之,形形色色,唯独这一个,在我心里留下了最深的印痕。也许是因为他在那般的境遇之下,仍能坚守着自己的一些东西,唯此,便足以让我铭记。

四

还有一个老者,是在火车上遇见的。他蓄着长长的胡须,很有出尘之感。当时车上摩肩接踵,人满为患,无论坐着的还是站着的,都有着痛苦的表情。摇摇晃晃的时候,忽听一声怒喝:"你干什么?还不住手!"我精神为之一振,抬眼望去,那老者须发皆张,手指一年轻人,怒不可遏。而那年轻人正飞快地把手从一个女人的包里缩回来。小偷似乎恼羞成怒,骂道:"老家伙,多管闲事没有好下场!"

老者凛然不惧,厉斥:"你这种人还有什么资格嚣张?是谁把你养大的?又是谁教育的你?给我滚远些!"小偷又骂了几句,最终仓皇逃窜。我看见老者身边有几个人羞愧地低下了头,他们刚才也一定目睹了小偷行窃的一幕。忽然想到,如果刚才我也看到了,又会怎样?这样一想,脸上狠狠地发烧。

老者怒气仍未平息。这一刻,在拥挤的车厢里,我默默承受着脸上的热意,心中也有着太多的钦敬。一个一脸正气的老者,让我看到了一种久违了的铮铮风骨!

梦想究竟有几条腿

包利民

　　在我很小的时候就已经认识吴多了,那时他十七八岁的样子,坐在胡同口掌鞋修自行车。他的每一次出现,都引得我们这些小孩子围观。因为他没有双腿,而且能用手走路,走得又稳又快,让我们很是羡慕。

　　吴多自小就失去了双腿,家境贫困,只勉强上完了小学,便开始干家务活了。虽然残疾,他却很要强,所有的家务都能干得得心应手。开始的时候,他也曾付出过极大的努力,也曾有过危险,有一次他坐在凳子上炒菜,凳子翻倒,锅也砸在他的身上,烫伤多处。可他并没有因此退缩,一直坚持下来。

　　父亲每天蹬着三轮车出去捡垃圾,有一次吴多从父亲捡回的垃圾中发现了一台破旧的半导体,鼓捣了多日,竟能正常收听了。那时电台经常播放二人转,他极爱听,时间长了,也能像模像样地唱下许多段子。后来,年龄渐长,他又自学了掌鞋修自行车的技术,在胡同口摆起了摊儿。由于家里穷买不起轮椅,他便用双手走路,还能推着一辆装满工具的小推车。在干活的时候,他也要听收音机,听他喜爱的二人转,高兴时他会放开喉咙唱上一段,引得晒太阳的老人们都围过来听,并说他嗓子好,腔调也正。也许正是从那时起,他便在心底埋下了梦想的种子。

　　我们县有个二人转剧场,处于繁华地段。吴多思虑良久,终于把修理摊摆到了剧场门口,不为别的,只想离二人转更近些。他的出现,引起了许多人的嘲笑,那时正放映一部电影叫《无腿先生》,于是人们便都叫他无腿先生。有一天中午,正值休场,剧场门口几乎没有人,吴多坐在那里,便开始唱

起来了。他唱得极投入，竟没有发现一个夹着包的中年人站在他身边。一段唱完，他听到鼓掌声，才看见有人在一旁听着。那人问他："功底不错，你家里有人唱二人转？"吴多有些不好意思地说："没有，我都是跟着收音机学的！"那人赞许地说："好孩子，好灵性！"便转身离开了。后来吴多才知道那人就是二人转剧团的团长。

从此吴多的梦想便开始疯长了，许多人也都知道了他的意图，纷纷笑他，一个没有腿的人还想登上舞台，简直是痴心妄想。他在嘲笑声中一度消沉，终日不开口唱一句。有一天傍晚，他正准备收摊回家，剧团的团长找到他，问："小伙子，你会唱《冯奎卖妻》吗？"他愣了一下，还是点了点头。团长一拍大腿，说："太好了，你帮我一个忙，晚六点场的男演员感冒嗓子哑了，又联系不上别的演员，你能不能代替他一下？"吴多大为惊愕，看了看自己的下身，结巴着说："我，我怎么能行，一点儿经验都没有，再说我也不方便！"团长说："没事儿，不用你上台，只要你跟着乐队唱就可以，台上的男演员对口型就行。你平时咋唱就咋唱，放开了唱！"

就这样，吴多开始了平生的第一次演出，那一天，他躲在台后唱得畅快极了。散场后，观众们纷纷议论："这个男演员怎么突然唱得这么好了？"那以后，团长便有意地安排吴多唱了几次，当然都是在幕后。一年多以后，吴多才真正用手走上了舞台，人们也终于见到了他的真面目，而此时，他的各种技艺如转手绢、玩扇子什么的也是十分精湛。那一场演出过后，他立时成了县里的名人，特意来看他演出的人排起了长队，剧场因此火爆了一次。

又是五年以后，在省城最大的二人转剧场，数千观众等着看演出。主持人说："应男演员的要求，他要先在幕后唱上一段，大家觉得好，便出来，如果大家不满意，他就不登台了！"伴奏响起，当字正腔圆的声音传出，每个人都惊呆了，掌声一浪接着一浪。终于，在掌声中，那个男演员以一种特殊的姿势走上台来。观众长久地欢呼鼓掌，很多人的眼中闪着泪光，而男演员的眼中也是泪水晶莹。

多年以后，提起那一场演出，吴多对记者说："那时二人转的队伍中出现

了许多残疾人,有侏儒,有盲人,可没有几个是有真正功底的,都是仗着自身的残疾来吸引目光。我不想那样,我要让观众先从声音上认识我、肯定我!"

当年的无腿先生,终于在梦想的国度露出了笑容。原来嘲笑过他的人在震惊中仍是心存疑惑,这个人到底是怎么走到今天的?其实,吴多的经历早已给出了答案,梦想如阳光一样,眷顾着每一个人。虽然失去了双腿,却可以给梦想插上一对翅膀,只要你不停地挥动翅膀,就最终可以飞越重重苦难险阻,抵达人生的一个新高度!

合上济慈，翻开雪莱

朱成玉

　　恍恍惚惚，如同隔世。倦怠的心，正在褪尽最后一层艳丽，只剩下舞蹈的紫，孤零零地在风中飘荡，犹如生老病死的叶子，诞生时没有喊叫，死去时没有挣扎。

　　心在秋天，所以心疼紫色，那忧郁的被霜侵袭过的紫色，时时翻开我的心事。

　　秋天的玻璃，透明如无。一个呼吸，让它浸染朦胧。我的爱，被它照出来，湿漉漉的，等着阳光来烘干。

　　我的爱还能烘干吗？秋天的艳阳高照，我却躲在背面，任心底生满回忆的青苔。

　　支离破碎的记忆，慢慢织成一幕诀别的悲剧：爱，向生活低了头。

　　秋天的花朵，嘲弄似的，向我这个低头的人炫耀它们的烂漫。它们似乎知道自己注定要颓败，所以开得肆无忌惮，恬不知耻。

　　我的诀别，不像云朵，从挥动的衣袖中缓缓飘走，那是诗意的诀别；不像葡萄，鼓胀着欲破的身体，被人摘取，那是喜悦的诀别；不像叶子，从树枝上掉落，投入土地的怀抱，那是幸福的诀别。

　　我在秋天里的诀别，是不堪回想的哀伤。

　　犹似这紫色，是凝固的音乐，是被压住翅膀的蝴蝶，是突然断掉的弦。

　　紫色，让我想起一个英年早逝的诗人——济慈。

　　如果说雪莱是春天里歌唱的云雀，那么济慈就是秋天里舞蹈的叶子。少年时便已成为孤儿的济慈，这紫色的秋天的叶子孤零零地在那里舞蹈，妄

图煽动出一点火焰，暖他那颗忧伤的心。

在英国的大诗人中，几乎没有一个人比济慈的出身更为卑微。他短短的一生，似乎都是紫色。而那紫色中弥足珍贵的那一丁点绚烂，来自于他至死不渝的恋人——芬妮·布朗。他在给芬妮的信中写道："我在一个农民的小屋中，对着一个很方便的窗户坐下，举目远望，只见美丽的山峦和茫茫的大海相映成趣，并入眼帘，真可谓良辰美景啊。如果不是回想自身有一种压迫感，那么，我生息遨游在这美丽的海岸上，享受着上述的快乐，不知我会怎样富有坚韧不拔的精神呢！我从来没有像这样欢乐过。死亡和疾病包围着我，把我的时间耗费了，现在这样的烦恼虽然没有压迫，但另一种痛苦又来骚扰，以至我无法忍受——这也是你必须承认的。我的心上人，问一问你自己，你这样把我羁绊着，这样破坏我的自由，你是不是十分残酷？如果你愿在一封信中承认这一点，请你立即写信给我，并请力所能及地给我安慰——你的信必须情感丰富，就像吃鸦片烟一样，能让我沉醉——你要用甜蜜的语言，并且要向它们亲吻，以便让我的嘴唇发现你的嘴唇的痕迹。至于我吗，真不知道该怎样向一个美丽的人儿表示我的热忱。我用一个光辉的字，不过只是光辉；用一个美丽的字，只不过是美丽罢了。我真愿意我们能够变成翩然双飞的蝴蝶，哪怕只是在夏季生存三天也就够了——我在这三天中所得到的快乐当比平常五十年间所获得的快乐要多得多……"

他们在那短短的美好时光里互相传递着爱的"鸦片烟"，直到济慈那封最后的信："芬妮，我的天使……我将尽力安心养病，就像我以整个身心爱你一样……我决不会……跟你诀别。"然而，不到半年时光，年仅二十五岁的济慈，这棵"用露珠培育出来的鲜花"（雪莱语），却长眠于罗马，而他对芬妮的爱情，却似银河中的星星一样，永世长存。

最近看到一篇文章说，紫色是最容易褪色的，因此日本人结婚时绝对不穿紫色的衣服，甚至包装礼物也不用紫色，以防预示不能天长地久。没想到它竟然像咒语一样在一些人的世界里应验了，一个人可以消失得那么快，消失的痕迹就像窗台上那盆忽然枯萎的紫菊花，连残余的花香都被风撕碎了。

014

芬妮是幸运的女子，得到了济慈的爱。济慈曾经说过："我见过一些女子，她们真诚地希望嫁给一首诗歌，却得到一部小说作为答案。"济慈永远不会是小说，他永远都是芬妮心中的诗歌。

忧郁会使人歌唱，悲伤会使人舞蹈。就像这秋天，灿烂的阳光被收割，温暖也被大雁们齐心协力运到了南方，可是剩下的紫色，仍然在风里生生不息地舞蹈。它让人相信，在即将到来的冬天里，只要你把炉火点燃，不停地往里面扔着柴火，就可以温暖自己，守住一个属于你自己的心灵的童话。

济慈是我心灵上的一片紫，但毕竟不是我的榜样。人会失去一些东西，也会找回一些物件。不必非要顺着脚印往回走，要知道，前面的纸更洁白。秋天要过去了，还是合上济慈，翻开雪莱吧——

冬天来了，春天还会远吗？

只想和你说说话

薛俊美

一

过马路时,父亲总是左手攥着我的手,右手攥着母亲的手,紧紧地,紧紧地。

印象中,矮小单薄的母亲半是羞涩半是娇嗔,烦死了,你一手的汗,我又不是小孩,还得你牵着手过马路。

母亲的声音尖尖的,细细的,高高的。惹得路人好奇地看过来,看这个五大三粗一米八几的大老爷们左牵女右牵妻地过马路,看这个一脸幸福却又佯装一脸恼怒的中年妇女发泼似的嗔怪。

父亲从不和她计较,总是狡黠笑一笑,呵呵,我领我家大闺女和小闺女过马路呢。乖啦,听话,过去马路买糖糖吃哦!

印象中,这是父亲说的唯一让我觉得肉麻的话,一身的鸡皮疙瘩,我故意做出发抖的样子嬉皮笑脸,母亲一脸的娇羞,在人高马大的父亲身边,一米五的她实在柔弱得不像话。有个词怎么说的来,小鸟依人,对,就是这个词儿。牛高马大,小鸟依人。横批呀,就是很般配。

二

小时候的我,调皮顽劣,可谓是无恶不作。每当母亲数落我,伶牙俐齿

的我总是无理争三分,常常把母亲气得落泪,我却自鸣得意,从不觉得自己这样做确实过分和霸道。

下班回家的父亲,一进家门就嗅到了不同寻常的安静气氛:我少有地端坐书桌前,假装写作业、背历史、画素描,母亲则闷声不语收拾东收拾西。

而以往,父亲进家门时,我总是扑上来翻他的手提包,看看有没有大白兔牛奶糖、小人书或者好吃的点心;围着围裙正在做饭的母亲也从灶间出来,问一声"孩子爸,下班啦"之类的废话。今天,这些都没有。

父亲虎着脸,几步走到我跟前,高高扬起巴掌,动作的幅度够大,落下来却不疼,我佯装委屈,边跑边抱怨,你就知道打我,你就知道护着她……跑几步,我偷偷折回来,趴在门缝上偷看。父亲总是叹息一声,攥着母亲的手,低声哄着母亲,母亲就半是笑半是泪地捶打着他。

很多年过去了,我常常想起父亲哄母亲的画面,平时粗粗拉拉的父亲,竟也有细腻和温柔的一面,罕见。

三

父亲的工作很忙。一忙起来,他就顾不上吃饭,饥一顿饱一顿是常事,久而久之,胃就出了毛病。

有一次,父亲胃疼,蜡黄蜡黄的脸上直冒冷汗,并不停在床上打滚。母亲端一杯水进来,看见父亲骇人的样子,"啪"的一声水杯掉在地上,摔碎了。母亲不知哪里来的劲儿,一把拽起父亲,就向镇医院奔去。路上,迎面来了一辆拖拉机,母亲站在路中间,硬生生拦住了人家拉地瓜的车,求人家掉头送父亲去镇上的医院。

医生说,万幸啊,再晚几分钟,胃就穿孔了。

病好了后,父亲常常让母亲拽着他走路,母亲拼上全身的劲儿,却拽不动父亲半步了。谁也不知道,她当初哪来的劲儿,以不到一百斤的体重,生生拖动二百斤的父亲疾速快走。

等父亲安稳下来,母亲才觉出自己的脚火烧火燎地疼,原来摔碎一地的玻璃碴儿扎穿了母亲的鞋子,扎破了母亲的脚,血流满地,她自己当时都不晓得疼,真真够笨的哦。

四

儿女大了,父亲、母亲背驼了,腰弯了,眼也花了。

风里传来母亲的叹息,一生爱臭美的她见不得自己头上的白发,脸上的褶子。父亲迈着蹒跚的步伐,在院子里走来走去,采摘一朵最美的花。

春来了,父亲播下花种,悉心照顾;蝉鸣时,父亲肥硕的身体笨拙地蹲着,给花花草草捉虫、打杈什么的;橙黄橘绿时,一院子的秋菊开得正旺。父亲摘一朵,戴在母亲的耳边、鬓间、发髻。戴花的母亲,娇羞成待嫁的新娘,一脸的幸福和陶醉,嘴里却笑骂父亲,老了老了,你就净把我往老来俏里捯饬哈。

父亲大笑,说,好看,好看。

母亲不甘心,继续追问,花好看还是人好看?

父亲又是一阵大笑,说,都好看,都好看。

母亲抬手摸摸发际间的花,一脸的妩媚,死老头子,没个正经!

小院,撒落一地的幸福花瓣。有风吹过,唰啦唰啦。我常常想,最美的天堂,不过这副样子吧?

五

父亲病重。

他自知时日不多,孩子一样缠着母亲,要她一刻不离地陪着。手,握着;脸,对着;眼,看着。

常常是母亲看着,看着,忍不住低下头,抽出手,落下泪。父亲嚷嚷,手,手。

母亲慌不迭抬头,伸手,凝目。

一个坐着,一个躺着,手相握,脸相对,眼相看。一动不动,对于生命倒计时的父亲来说,墙上挂钟的嘀嗒、嘀嗒声,真是残酷。

时间流逝,父亲瘦成一把瑟缩的草,枯萎、凋零,彻底碾落成尘,撒手人寰。母亲哭晕过去数次,下葬那天,母亲却出奇地冷静,她换上干净布衫,系上父亲给她买的大红丝巾,鬓发纹丝不乱,她说,老头子说让我笑着送他。

那情形,不像送别,倒像是迎接远来的客人进家。

六

自此,母亲一个人,固守着老房子,老院子。

我们姊妹弟兄几个,回家扑不着她,就去村后的小山,一准能找到。那里,睡着的,是永远的父亲。

黄昏中,瘦小枯干的母亲,寂寥得让人心疼、落泪。

父亲的坟前,一束灿烂的野菊,绽着袅娜的花瓣,清香四溢。最美的那一朵,绽放在母亲的耳边。

母亲没回头,轻声说,和老头子说说话,心里就松散了,干净了。

日,就要落了。母亲起身,拍拍尘土,一挥手,粲然一笑,死老头子,明儿个再来找你说话。

我的泪,说来就来,连个招呼都不打。

七

院子里,繁花似锦。

母亲练字,画画,哼那些老歌。鸡踱来,鸭踱去,安闲,安静,安宁,安稳。

母亲佯怒,又莞尔,你们就别劝了,我离不开这个院儿,一个人得做两个

人的事呢,忙得没工夫寻死。你们姊妹几个呀,心放肚里就是。妈得好好活,不然,谁陪死老头子说话解闷儿啊!

母亲笔走蛇龙,宣纸上,绽放朵朵金菊,金子一样铺满大地。

最美的那朵,开在母亲的脸上。

父亲安睡,母亲安心,岁月安好。

大山里最美的人

王国军

　　我是经人介绍才知道那个小学校的。学校隐在大山的深处，如果不是刻意寻找，即便是经过，也不会把那两间破烂的房间想象成一所学校。一块黑板，二十张桌子，那就是男人的全部家当。男人高中毕业后，就一直在这个学校里待着，他的年龄和这个学校一样沧桑。

　　至此后，我就经常来这个学校听课，搬条凳子，坐在后面，听着男人讲解数学运算，或者和同学们一起唱着男人自编的儿歌。每次去，男人都很兴奋，他热情地邀请我到他家做客，他家就在另一间教室里，一块屏风分成两块，里面是卧室，外面是客厅。男人就坐在门口处，眺望着远方，目光里充满了期待。

　　与男人慢慢熟了起来。男人告诉我，他高中毕业后，本来是和几个同龄人一起去沿海打工的，可是父亲却拦住了他，父亲想让他去村小学当代课老师，男人就这样留了下来。男人说，其实中途也想过要走的，毕竟太苦了，就一个人撑着，从一年级教到六年级。可是每一次连包裹都收拾好了，走到学校门口时，却再也无法踏出一步。男人还说，别看我这辈子没出过远门，其实我知道的事情还很多呢？

　　男人知道的确实很多，比如说起世博会、说起房价调控，男人顿时头头是道。我不禁纳闷，在这个几乎与世隔绝的大山里，他是怎样做到的？男人就笑，他拿出一个破烂不堪的收音机说，靠这个。又说，其实，不管在哪里，都得有志向、上进，就像大山，再大的风雨，也不会折腰。男人还说，人可以穷，但不能穷知识；自己可以苦，但不能苦孩子。

我望着他，敬佩之心油然而生。男人在这个大山里过了一辈子，但他的心却从没被尘世所淹没，他说到了上进，说到了知识，说到了志向，他把一种坚守做成了最美的事业。

我说，你现在最需要什么呢？男人低头沉思了一下，说书吧，孩子们最缺的就是好书，能拓展视野，丰富知识的好书。回来后，我和几个出版社联系了一下，特意给他们送去了一批书。之后，因为出国学习的关系，我有大半年没去他那里，等再去时，两间瓦房已经成了一堆碎砾，后来我才知道在一场大风中，男人的房子被刮倒了，为了救孩子，男人被掉下的砖头砸伤了，所幸没有生命危险。

男人仍然在教书，不过已经搬到了一排民房里。房子不是太大，却布置得非常温馨。我去时，男人正在地坪里砌一块乒乓球台。见我过来，男人连忙放下手中的灰桶，跑过来，伸出溅满水泥的手，又缩回，讪讪地笑。男人说，要不是村里集资建了这排民房，他都不知道自己将来要去做什么？男人带着我去参观他的学校。令我惊讶的是，四间教室都被装饰得焕然一新，雪白的墙壁，崭新的课桌，虽谈不上豪华，但处处透着生机勃勃。男人告诉我，现在学校里一共有五位老师，都是他的学生，从这里走出去，又回到了母校。男人的魅力，无处不在。

更让我惊讶的是，还有一个专门的图书阅览室。三个大书架，一字排列，架子上的书分类都很详细，十张桌子，整齐划一。桌子上还放着免费的茶水和笔。男人说，每到周末，这里就会人满为患，老人孩子都喜欢来这里喝茶看书。男人又笑着说，有时候人太多，就只好把上下午分开，上午对学生开放，下午对乡亲们开放。我问他，周末都耗在了学校里，不累吗？男人说，累也值啊，看着他们早上幸福地来，下午满意地离开，这不正是自己所追求的么？他说，等凑点书，他准备再建一个房子，弄一个大一点的图书馆，让全村的人都能看上书，都能看好书。他笑了，加一句，如果有条件，他希望再建个篮球场，让孩子们的业余生活更丰富点。

那个下午，我把我带来的两箱书都放在了他的阅览室里，我和他一起忙

着给书分类，忙完了，我说，我还会来的。男人就笑，等你再来时，这里肯定有了新变化。

我相信男人的话，我想男人能在大山里一待就是三十年，正是源自他对学生的热爱，他对教育的热爱，他迫切想通过知识改变大山贫困的期待。一个朴实的男人，把本来只有一个人的学校，办成了现在的规模，并且还在扩展，我没有理由不敬佩他。

从没走出过大山的男人，也许很多人会说他狭隘，可是这并不妨碍他现在所做的一切。男人说，知道吗？虽然我失去了很多，比如金钱，但我收获更多，能为大山尽一份绵薄之力，就是我此生最大的价值。说到这，男人笑了，男人的脸上洋溢着期望，与一年前的沧桑，已经大不相同。

有什么理由不去支持他呢，这个大山里的男人，无论是他的睿智还是他的上进心和责任心，都值得其他人去效仿。这样的男人，无论是在现在还是将来，都是大山里最美的人。

为自己选择双脚

沈岳明

1999 年，一个小男孩在得克萨斯州出生了，他的名字叫科迪。这是个十分普通的家庭，科迪一生下来，他的父母便惊奇地发现，他没有双脚。医生发现，科迪患了一种非常罕见的骶骨发育不全症，两腿生来便没有胫骨。

医生说，科迪很难活下去。因为患有此症的儿童，通常会出现肾脏等一系列问题，从而导致性命不保。如同医生所料，科迪也未能幸免。在科迪刚刚生下的第 3 天，他就接受了 15 项手术治疗。在接下来的两年内，科迪先后患上了诸如髋关节脱臼、胃痛、呼吸困难和哮喘等疾病。

科迪的左腿缺少一块胫骨，而且没有膝盖，腓骨也无法支撑起他的腿，因此他的腿不能弯曲。当科迪坐着的时候，他的右腿便只能蜷缩在一边，而他的左腿虽然看上去正常，但也不能正常弯曲。看到孩子一生下来就遭到众多病魔的折磨，而不能像其他孩子一样过正常的生活，科迪的父母看在眼里，疼在心上。虽然万分难过，但他们仍然相信，科迪会好起来的。

身体上的问题还不是最重要的，最重要的是心理上的问题。随着科迪一天天成长，他也渐渐地明白了自己与别人的不同。当他看到别的小孩都能自由地跳跃玩耍，而他却只能坐在轮椅上时，他便会很难过。他常常一个人躲在小房间里发呆，还羞于与任何人相处。这时，科迪的母亲就会忍不住自己的眼泪，跑到一边去伤心地哭上一场。

突然有一天，科迪的父母打听到，有一家儿童医院可以为科迪安装假肢，便高兴地将科迪带了过去。在医院里，望着各种各样的假肢，科迪的父亲说："孩子，你看到没有，这里有这么多的脚在等着你来挑选呢？你真是个幸运儿，别人都只有为自己挑选鞋子的机会，而你却能为自己挑选双脚！"

科迪天真地问父亲："真的吗，我真的是一个幸运儿吗？"科迪的父母点了点头。"那真是太好了！"科迪说，"我还可以为自己挑选双脚！"望着摆满了柜台的假肢，科迪高兴极了。

从此，科迪就可以用他自己挑选的脚来走路去幼儿园了。可是，刚刚装上假肢的时候，总是令科迪疼痛难忍。科迪的父母便鼓励他说："别人只有一双脚，而你却拥有几双，甚至是无数双脚，肯定需要付出一些疼痛作为交换的代价。"科迪懂事地点了点头，从此，他再也不喊疼了，每天坚持用假脚练习走路。

慢慢地，科迪不但能灵活地用假脚走路，还对体育活动产生了兴趣。于是，科迪也想跟其他小朋友一样，去参加各种体育活动。科迪的父母犹豫了，他们担心孩子受不了那个苦。可是，科迪却反过来安慰父母说："你们放心吧，你们不是说我是个幸运儿吗？别人只能挑选适合自己的鞋，而我却能够挑选适合自己、且适合各种体育运动的脚呢！"说完还调皮地冲父母眨了眨眼睛。

从此，科迪不但穿着假肢去练习跑步、游泳、踢足球、打高尔夫球和冰球，他还能够学习攀岩，驾独木舟，甚至学习驾驶飞机。另外，科迪还加入了体育协会，这意味着他有机会去许多地方参加比赛了。

2008 年，科迪在 60 米短跑比赛中取得了 20.03 秒的成绩，在 100 米短跑比赛中取得 33.41 秒的成绩。作为双腿残疾的人，他与其他单腿残疾的 9 岁运动员所取得的纪录相比，只差了五六秒。这样的成绩令所有人惊叹不已。此外，与 9 岁残疾运动员纪录保持者相比，科迪 2008 年在自由泳和仰泳比赛中，仅靠两只手臂也取得了骄人的成绩，分别是 30 秒和 43.63 秒。

为了回报帮助过自己的人和医院，科迪还通过参加各种体育活动，为其提供假肢的儿童医院募集了 95 000 美元的捐款。科迪不但走出了自己伤痛悲观的世界，还成了美国家喻户晓的小英雄，希望与他见面交流的人络绎不绝，包括那些在战场上负伤后成为残疾人的士兵。科迪说，他长大后要做一

名医生，为更多的像他这样的残疾人看病。他还希望有一天能够同美国泳坛明星菲尔普斯，以及美国残奥选手鲁迪·加西亚·托尔森进行游泳比赛。

如今，假如有人对科迪的遭遇报以同情的问候，他总是这样回答："不，我觉得自己非常幸运，因为别人只能为自己选择鞋子，而我却能为自己选择双脚！"

压在石柱下的爱

王国军

大地震动的时候，男人和女人正在厂房里搬东西。男人忽然大喊一声，快跑！地震来了。男人拖着女人的手往外面跑，女人突然一把扯开了，女人说，我的包还在桌子上，里面有八十块钱，那可是为我女儿治病的钱。男人喊，再不跑就没有活的机会了。女人这才止了步，但他们还没有跑到门口，就听见轰的一声，房屋倒塌了。

这是个漆黑的夜晚，四周静寂无声，男人在东头喊，贵芬，你还在不？没有声音。男人急了，继续喊，贵芬！西头传来一个虚弱的声音，我在这，石柱压着我了。

男人说我也是，你移移，看移得动不。女人说，不行，移不动，大哥，我好怕，我们会不会这样死去？男人说，你瞎讲什么？很快就会有人来救我们的。

一阵沉默之后，女人说，大哥，我好痛，留了好多血，我好想喝水。男人说，你忍忍，很快就有人来救我们了。男人试图推开沉重的石柱，但一次又一次失败了。女人说，外面发生火灾了。男人扭头去看，隐约看见外面一片通红。

女人说，为什么听不见人说话呢，是不是他们也像我们一样快要死去了。顿了顿又说，这个城市似乎都塌了，我们都出不去了。男人说，你莫这样想，等天亮了，有人发现这里塌了，就会来救我们了。女人于是等着天亮。女人忽然觉得夜好长，而自己好痛。女人哭了起来，女人说，我女儿也不知是生是死，说不准她一个人正哭着到处找我呢。女人又说，我真的不想死，

我答应了我女儿，我要为她治好眼睛。男人不说话，只是叹气。女人说，大哥，你在想什么呢？男人说，我们都不会死的。你先睡会吧，等你醒来的时候，说不定都已经躺在自己的床上了。女人说，大哥，你能给我讲个故事吗？我怕一闭上眼，就醒不来了。

…………

女人醒来的时候，天早已经亮了，她抬头看了一下，发现整座房子都变成了一座废墟，男人就在他不远的地方，侧着脸看着她，还好，很庆幸我们还活着，你饿了吧？

嗯，女人稍微点点头。男人一只手伸开，手心里有个黑色的馒头，男人说，这是我刚才发现的，你吃吧。男人递了过去，可男人的手不够长，女人也伸长了手，可还不够，那个馒头就停在她身边不远的地方。女人艰难地想挪动身体，男人说，你旁边有根棍子，你把它捡起来，再试试。女人便用棍子把馒头挑了起来。女人说，大哥，你不饿吗？男人笑了笑，我不饿，昨天的还没有消化完呢。女人也笑了，三两口就把包子吃完了，男人趁女人不注意，偷偷在地上舔了舔。男人实在太饿了。女人说，大哥，我怎么感觉这个城市里面没有活人了呢。男人说了两个字，地震！

转眼到了下午，女人开始焦急了，大哥，怎么到现在都没有看到人啊。男人叹了口气，估计不会来人了。女人泪眼婆娑地对男人说，可是我不想死啊，我还这么年轻。男人叹着气，女人就问，大哥，你怎么老是叹气啊。男人说，不知道我那个八十岁的老母亲还在不在？女人不说话了，女人也惦记着家里的那个孩子。女人说，我们该怎么出去啊。沉吟了一会，男人问女人，你真的想出去。女人说是的，只要能活着出去，下辈子就算为你做牛做马，我也愿意。男人说，可我们之间只有一个能走出去。女人看着男人，低声说，我答应了我女儿，要为她治病的。男人叹了口气说："我也不求别的，只是家中还有一个八十岁的老母，若是她还健在，烦你代我照顾。"女人说："好。"男人说："你这样胡乱推是不行的。我喊三二一，喊到一时，咱们一齐使劲，你把柱子往我这边推，这样你那头便能推出空隙来了。"男人开始喊，

喊到一,女人便使劲把柱子往男人这头推,男人也在用力,慢慢地柱子这头翘了起来一点空隙,男人说,继续推,往我这边推。女人铆足了劲地推,那一刻,她像一个伟大的艺术家。空隙大了起来,男人说,你快点爬出去,我快没有力气了。

女人挣扎着爬出来,再看男人时他脸上全是血,他试图将身体弯成一条蛇,但他已经一丝力气都没有了,男人的体力完全透支给了女人。他微笑着永远离开了这个世界……

民间歌者

程广海

　　二爷那双饱含忧郁的目光越来越重了。那目光中含着的几丝忧愤和淡淡的哀怨在平日是很难看到的。二爷微驼的身躯渐渐融于那片轻柔迷蒙的暮色中，从原野深处传来若有若无如泣如诉的二胡声，那声音漫过黑夜中的原野，将玉米、大豆、高粱棵上的露珠震落而下，犹如二爷的泪水，冰凉透骨。

　　二爷活这么一大把年纪了，就如这历经风霜的平原老地或立在村头的一盘老碾，什么样的荣辱都经历过了，一般的事情在表情上决不会外露的。是的，凭他那一双坚毅的目光和褶皱的面孔，他决不会的，然而，就这么短短的几年，二爷终于支撑不住了。

　　往日该是何等的辉煌和荣耀呀。二爷被众人捧着，被人们尊敬着，放在白马河下游的二三十个村庄来说，哪一个能对这些玩意儿拿得起放得下？哪一个又能精通古史的来龙去脉且滔滔不绝地讲出来呢？那把漆黑发亮的二胡和圆口仅能容得下鸡蛋大小的渔鼓，在村人们看来，并无多少神秘。能够引起人们兴奋的是二爷那双神奇的手和那些出神入化的故事。

　　枯萎的橘黄色落叶在风中摇曳着慢慢落在地上，发出啪啪的声响，秋风紧了，一马平川的平原上除却那孤零零的树木外，田地上干净得可以从地的这一头看到与天相接的那一头。二爷常披着厚厚的夹袄踯躅在地边，他在眺望地的那一头。有一个人就埋在了那里。二爷站在地边默默地想，默默地抽烟，默默地同那人对话。看足了，说够了。二爷似乎还有重重的心事及未能说的话，就长长地叹出一口气，磨磨蹭蹭地往家走去。

　　那时的日子多么好呀。二爷有着幸福的家庭和美满的婚姻。二奶已为

他生了第一个男孩。那孩子胖嘟嘟的,招人心疼。那时候,二爷已在白马河下游有些名气了,除逢集的日子外,二爷常被人请去说书。收罢麦子,棒子还没有长出来的时候,二爷有很多这样得意的时光。每当夜幕降临,圆圆的月亮从远处的树梢悄悄上升起来的时候,二爷对着吵吵嚷嚷的人群高喝一声:把那玩意儿拿过来,咱唱上一段"秦——琼——卖——马"。那抑扬顿挫有滋有味的一声吆喝,引得人们捧腹大笑。

人们很少能听到二爷拉的二胡曲。即便是在集市的说书场上或者被人请去说书,他都不用,只在家里自己欣赏。除非二爷有了高兴的事或者心中苦闷的时候,才能听到。我第一次听到二爷的二胡声是为儿子。二爷非要儿子跟着他学说书,儿子非但不肯,还耻笑说这是下三烂干的活,干这行丢死人。二爷气得默不作声。这一次也是为了孩子。那个胖嘟嘟招人心疼的儿子已是年轻力壮的小伙子了,他在一家私人承包的建筑队干活。有一次,小伙子从四层楼高的架子上摔下来,死了。那一次,二胡声听起来让人肝肠寸断。二爷怕二奶伤心,独自一人来到儿子的坟地,凄凉的二胡声在黑夜的田野中飘忽不定,那是当地的一曲小调《断魂》。一曲终了,二爷伏在地上,喉中发出"哦、哦"的哽咽声。那声音时长时短,似乎早就憋在二爷的心中,如今终于有了释放的机会。

二爷仍上集说书,失去儿子的二爷那神采飞扬的表情依旧。我想,二爷心中究竟能承受多重的灾难和不幸呢?难道还有比晚年丧子更痛苦的事吗?那嘭——嘭嘭——嘭——嘭嘭经久不衰的渔鼓声和发黄的《说岳全传》《三侠五义》《隋唐演义》等许多唱本,几乎记载了二爷的一生,他为此投入了巨大的热情,付出了整个生命的追求。是一种什么样的力量促使着二爷那么专注而又孜孜不倦地去追求那种粗犷泼辣的表现方式?是为着生活的需要,还是为着精神的需求?或是两者兼之?这难道是二爷生命燃烧或延续的唯一方式吗?

二爷似乎早已预感到了什么,但他仍显示出那种威严,来竭力掩饰着心中的不安。尽管二爷被人们尊重着,但毕竟有些不同了,世道变化太大了。

挣钱的门道很多,哪一个小青年愿意跟二爷学这门手艺呢?二爷放出收徒弟的话有半年了,没有一个人愿意跟他学,哪怕问一声也好啊,也是对二爷的一个安慰啊。有些人连二爷都不正视一眼了,但二爷还是赶集说书。只是说书场上的人越来越少了,人少,这书还是要说下去的,这是老辈人留下的规矩。二爷先来一段开场白:老少爷们儿,咱原来说天也不早了,人也不少了,咳,现在得改成人也太少了。少了啊咱也得说着玩!老少爷们儿,你们说咱今天唱哪一出戏啊?好!就唱《走江湖寇四爷卖武》一折。二爷将渔鼓抱在怀中,"嘭——嘭嘭"的渔鼓声响过,二爷如入仙境般唱了起来:一个是江湖好汉,一个是巾帼佳人,一个似太史慈善使长枪,一个似公孙大娘善舞双剑……

二爷明显地衰老了,那双曾经坚毅的眼神越来越黯淡无神了,唇边的白胡子多起来。逢集的日子,二奶总是老远地出门迎二爷,二爷只是让二奶远远地跟在他的身后。这一个秋季,人们很多时候看到两位老人在平原的暮色中蹒跚着消失在村口的情景。霜降一过,人们很少看到二爷出门说书了。更多的时候,人们看到二爷提着马扎和一些老人们躲在墙角里晒太阳闲聊。二爷很少说话了,只是默默地想自己的心事。这个漫长的冬季里终于有了一次让二爷高兴的日子。那天,有几个老伙计提议让二爷午饭后唱一段,二爷听后非常高兴。二爷激动地回家拿来了他的渔鼓。等二爷赶到那个墙角的时候,人们吃饭还没有来到。二爷在路上跑得快,觉得有些累,坐在马扎上依靠着墙睡着了。

那天的阳光很好,既温暖又柔和,把二爷晒得暖乎乎的。来人发现二爷睡着了,就喊:二爷,二爷,咱唱一段吧。熟睡中的二爷没有吱声,只有他怀中的那个老渔鼓在阳光下熠熠发光。

第二辑

潜在心底的那一抹柔软

　　林清玄曾说：柔软心是莲花，因慈悲为水、智慧做泥而开放。纵观尘世，确如他所言，心中蕴藏着柔软的人，更具仁爱悲悯之情。亦唯其如此，人生的荷塘里才能开满清净的莲花，微风吹来，花香盈怀。

窗前的烛光

张军霞

黛丽太太的日子非常清贫,丈夫是一个普通工人,每个月的薪水很低,他们有两个孩子要抚养。为了尽可能减轻家里的负担,她时常四处打些零工贴补家用。让人们感觉奇怪的是,每当夜幕降临,黛丽总会在窗前点燃一根蜡烛,长年如此,从不间断。

由于黛丽家的房子紧挨着马路,时间久了,每逢住在附近的人走夜路,只要看到那一抹熟悉的烛光,就会忍不住从心底欢呼雀跃:"看,黛丽太太家的灯,我们就要到家了!"

住在黛丽家对面的,是一位名字叫卡尔的修鞋匠,他生意不多,整天喝得醉醺醺的,总是冲着顾客发火,大家都很讨厌他。卡尔看到黛丽人缘那么好,心里非常嫉妒,他时常故意找碴儿,比如把黛丽养的小鸡赶跑、怂恿孩子们去摘黛丽家的苹果,甚至偷偷把垃圾倒在她家门前……黛丽对卡尔做的这些糗事,其实早就心知肚明,但是,无论他怎么折腾,黛丽从来不生气,反而时常送给他香喷喷的苹果饼或者美味的果酱。

一天晚上,卡尔又喝醉了。他摇摇晃晃地走回来,发现黛丽家的窗台上,像往常那样点着蜡烛,就气冲冲地跑过去,一口将它吹灭了,这才心满意足走回去。

回到家里,卡尔躺下来想要休息,却感觉口渴得厉害,他爬起来找水喝,无意之中向窗外望去,发现黛丽家的窗前一片漆黑,连他都感觉很不舒服,他推开窗户看了看,不知什么时候,外面居然下起了鹅毛大雪,这让他忍不住多了几分担心:这几天,工人们正在修整马路,路面上留下大大小小的坑洼，外面这样黑，万一有人摔倒在雪地里，肯定会冻僵的……

这样一想，卡尔的酒醒了，他立刻穿上衣服，拿上打火机，不但把黛丽家的蜡烛点着了，也在自己的窗台前点了一根蜡烛。这样一来，人们很远就能看到灯光了。就在他不停向外张望时，忽然发现有个黑影，一直在自己家的房子附近徘徊，难道是小偷？

卡尔决定去看看，他悄悄来到那个黑影附近，怒喝道："你是谁？"他猛然打开了手电筒，明亮的灯光照在那个黑影的脸上，让卡尔大吃一惊的是：这人居然是他失踪了两年的妻子曼娜。

"你……"卡尔看到曼娜冻得瑟瑟发抖，又气又急，只好赶快把她扶到屋里。早在两年前，曼娜嫌弃小镇的生活太平淡，又抱怨卡尔赚不到大钱。终于有一天，她趁没有人注意，悄悄跟着一位外地商人跑了。妻子私奔的事情，让卡尔感觉丢尽了脸，也就是从那时他才开始酗酒，性情也变得越来越古怪。

"卡尔，我在外面漂泊了这么久，最终还是感觉你对我最好。其实，我回来好几天了，却一直不敢找你，直到今天晚上，我看到你在窗前点了一根蜡烛。我不由得想起，早在恋爱时，因为父母的反对，我们只能偷偷约会。那时，窗前的蜡烛就是我们的暗号，代表我们在彼此等待。我想，这也许是你原谅我的信号，于是，我回来了……"曼娜低下头，泣不成声。

"当然，我原谅你，回来了就好……"卡尔深深地爱着曼娜，内心深处，他也一直在盼着妻子回家，只是让他没有想到的是，在这样一个风雪之夜，自己本来想要熄灭黛丽家的蜡烛，却因为无意中点燃的蜡烛，等回了心爱的人。

第二天，卡尔和曼娜一起来到黛丽家，趁大家一起闲聊时，卡尔忍不住问道："你为什么总是喜欢在窗前点蜡烛呢？"黛丽叹了口气说："这件事说来话长。童年时我非常淘气，有一次和几个伙伴跑到很远的地方玩，直到半夜才回来。快到家门口时，我们越来越害怕，担心父母会责骂。就在这时，我看到我家的窗台上，点着一根蜡烛，我立刻就想到，一定是母亲在等我回来，放心地跑回家去，母亲本来以为我丢了，看到我好好地回来，根本舍不得责骂。而我的另外几个小伙伴因为不敢回家，在外面待了半夜，第二天都冻伤了。多年之后，我一直记得母亲点的蜡烛，于是让它也一直亮在我家窗前，不仅可以为别人指路，也代表着宽容和温暖……"

从此以后，每天晚上，卡尔家的窗台上，也总会燃起蜡烛。

美好比美更好

顾晓蕊

　　在一次招聘会上，美琳初次见到小玉，当时对她并没什么特别的印象。招聘方是当地一家颇有名气的平面设计公司，虽然招聘的是文员岗位，但因待遇较好，还是有很多刚毕业的大学生前来竞聘，门外排起了"长蛇阵"。

　　每位应聘者面试时间约为 5 分钟，排在前面的学生都摇着头一脸沮丧地走了出来。轮到美琳进场时，身穿一袭浅紫色套裙的她扭动腰肢，迈着小碎步款款地走过去。

　　美琳站在进门不远处，身形婀娜，眉眼含情，好一个临水照花人。考场中有人发出一声惊叹——呀！她的脸上露出自信的微笑。刹那间，仿佛有片片花瓣零落而下，一地芳华馨香，连主考官都忘记了提问。

　　她的出场，让方才那些应聘者都变得黯然失色。回过神的主考官提了几个问题，她柔声回答，声音清澈如露珠，有说不出的甜美动听。"你回去准备一下，下周一来公司报到。"她笑着点头，似乎这样的结果在意料之中。

　　最后一个进入考场的是小玉，单眼皮的短发女生，白衬衫配洗得发白的牛仔裤，是放在人堆里就看不见的那种。主考官提问过后，说："先到这里，你回去等通知吧。"

　　小玉的心猛地一沉，她知道这样的招聘会，等通知基本是没了下文。就在她转身往外走时，看到扫把和畚斗横在地上，挡住了半边门槛，纸篓外躺着一堆废纸团。她径直走过去打扫干净地面，又把物品摆在适当的位置。

　　身后响起一阵掌声，主考官笑吟吟地说："这是我们出的一道考题，只有你给出了令人满意的答案，下周一你也来公司报到吧。"她一阵惊愕之后，忙连声道谢。

美琳是做前台接待的，其实就是接接电话、做好记录，把上门的客户引到座位上之类的零活，工作较为轻松。小玉的工作是行政助理，负责打印复印，整理材料，简直忙得脚不沾地。

空闲时，美琳从包里掏出一面小镜，精心地补妆，嘴里哼着轻快的歌。她是枝蔓缠绕开得正妍的花，常有男同事凑过来笑闹打趣一阵儿。偶尔一扭身，瞥见忙碌的小玉，她的嘴角闪过一丝轻笑。

小玉穿梭在格子式的办公桌之间，"小玉，把这份材料递给经理""小玉，给我倒杯茶"……小玉爽快地答应着。美琳心中窃笑，把什么活都揽过来，这不是自个找累受吗？没想到，后面还有更让她不可理解的事。

那天临下班时，同事大周从经理办公室出来，气呼呼地说："我的策划案被退回来了，让明天上交。今儿媳妇过生日，晚上必须赶回去，这可怎么办呢？"同事们大都捂着嘴笑，还故意一脸同情地说："你继续忙吧，先下班喽。"

小玉听到后，走过来说："要不我留下来，看能否帮上忙？"大周忙说："好，两个人干总比一个人干得快些。"他边讲解边跟她讨论起来，还不时在电脑上做着修改，一直忙到晚上十点多钟。

第二天，文案得到了客户的认可，经理当着众人的面说："大周的文案做得很成功，以后大家多向他学习。"大周不好意思地说："这里面有小玉的一半功劳，我参照她的建议做了几处修改。"经理用赞赏的眼神看着小玉，轻轻地点了点头。

又过了几个月，适逢公司人事调整，小玉成为一名专职设计师，薪酬自然涨了一倍多。

这让美琳心里很是窝火，她愤愤地想：两人相同学历，同时进公司，凭什么先给她涨工资。她走进经理办公室，倒出了心里的想法。

"公司给予每个人均等的机会，但机会要靠自己努力争取。"经理笑了笑，语重心长地说，"要知道外在的美是脆弱的，易逝的，一个人内在的品质，才是无价之宝。因此，美好比美更好。"

这些话在美琳的脑海里轰然炸响,她意识到自身的浅薄,满面羞愧地退了出去。

抬眼见小玉仍在忙碌着,忽觉得那身影是如此动人,不由得生出几分钦佩。之前以为美貌是女人最大的财富,却原来花儿虽美,怎奈花期短暂。而小玉恰似一块璞玉,经过时光的打磨、雕琢,显现出其美好的品质。

终于知道,她曾错过太多的光阴。此后,她要走出虚荣的华丽樊篱,把缺失的"功课"补上,来一个完美的转身。修身而优,养心而雅,唯有如此,才能在当下激烈的竞争中,让生命释放出深蕴的清香,且恒久悠长。

藏在心底的那一抹柔软

顾晓蕊

一

初秋的一天,我们公司组织去画眉谷旅游。开车的是司机张师傅,他为人忠厚,平时寡言少语,大家都亲切地称呼他张哥。

车开了两个小时后进入山区,行到拐弯处时,遇到了一件意想不到的事。

就在前方不远处,几只灰褐色的山鸡在路上悠闲地溜达着。张哥想刹车已来不及了,他放慢车速,鸣起喇叭,想把山鸡惊飞。

只见一只老山鸡扇动翅膀,"扑棱棱"地向前奔去,把吓得惊慌失措的小山鸡赶往路边。他急忙掉转方向盘,让车从它们的空隙间穿过,但还是隐约听到异样的声响。

当车停下来时,他跳下车向车尾处跑去。老山鸡身后溅出一道血花,小山鸡们伸着脑袋啾啾地哀鸣着。以老山鸡的健壮体魄,原本可以逃过一劫,想到此他不由得心里一颤,双手托起它放进草丛里。

上车后,他难过地说:"唉!撞死一只山鸡。"那声音像一阵轻风,被大家的说笑声淹没了。到达景区后,我们穿行在山林间,尽赏秋色斑斓。看到张哥挎着相机,不时有人冲他喊:"来,给我拍一张。"

到家后,我点开张哥的 QQ 空间,看他拍的照片,却意外地读到一篇短文。他记录了路上发生的事情,在结尾处不无伤感地写着:面对如此伟大的

母爱,我的心好痛。唉!唉!

我的心,跌落在这云朵般柔软的叹息里。忽然明白为什么晕车的我,那天感到格外地踏实,一个对自然界弱小生命充满敬意的人,心中自会多一份责任与担当。

二

有一天,母亲买菜时突然昏倒,被送往医院。经过一番检查后,医生说是心跳过缓引起的,建议安装心脏起搏器。

跟医生沟通确定了手术方案,手术时间定在次日下午,负责手术的是该院心血管内科的梁主任,听说是位颇负盛名的医学专家。

我正犹豫要不要给他送红包,抬头见母亲苍白的脸上显露出忧虑的神情,额头上渗满细密的汗珠。经过一番考虑,我还是揣着钱来到主任办公室。

起初,主任客气地回绝,后来经过几番推让,还是收下了红包。我长嘘了一口气,回病房把情况跟母亲讲了,她心里这才稍稍安定下来。

手术进行得很顺利,母亲的身体日渐好转,主任多次到病房巡视,嘱托按时服药及保养事宜。母亲说:"医生还是挺负责的。"我低声附和道:"那是!收了红包态度就是不一样。"

过了些天,母亲要出院了。我去收费处办理出院手续,发现押金多出来了些,细问之下才知是主任转来的,正是我付的红包钱。

原来他是怕病人心理负担过重,用一种委婉的方式,悄悄地回绝了患者家属的好意。

我想去跟梁主任道个别,顺便表示感谢,谁知办公室的门敞开着,但他人却不在。只见桌子上的玻璃下压着个纸条,上面写着一行小楷:吾厚吾德。

那字迹刚劲而飘逸,透着古朴与禅意,看上去严谨刻板的医生,也有温软柔和的另一面。这让我既感动又惭愧,怔怔地默立片刻,眼角泛起一阵潮意。

三

下面这个故事是听邻居刘姨讲的。那天,她正在屋里做家务,听到一阵急促的敲门声。打开门,是一位陌生的邮递员,他从邮包里掏出一张贺卡,一脸着急地说:"你快看看,是不是出啥事了?"

刘姨疑惑地接过来一看,刹那间泪如雨下,她顾不上跟邮递员多说,转身回屋给女儿打电话。

事情的起因是这样的,她的女儿在网上认识了一位年轻男子,深深地陷入这场恋情中,却遭到父母的极力反对,她和家人大吵一架后离开了家。

交往一年后她才发现,那男人是一只多情的蝶,并不肯为某一朵花停驻。正值春节临近,羞愤交织的她含泪在贺卡上写道:妈妈,请原谅这个不听话的女儿,这是我最后一次跟您道声祝福了……

邮递员送信时发现地址有误,原来女孩的父母因旧房拆迁搬了家。他看到贺卡上的内容,意识到可能是一位女孩跟家人的最后道别。他不由得心急如焚,忙向周边的居民打听,终于问到新的地址。

彼时天色已晚,又下着大雪,可他觉得一刻都不能再等了。在雪地上蹒跚了近一个小时,他终于找到收信人刘姨,于是就出现了开头的那一幕。

这封及时送达的贺卡,拯救了一颗濒临绝望的心,在母亲的苦苦相劝下,女孩踏上了回家的路。然而,让刘姨感到遗憾的是,至今不知道那位邮递员的名字。

林清玄曾说:柔软心是莲花,因慈悲为水、智慧做泥而开放。纵观尘世,确如他所言,心中蕴藏着柔软的人,更具仁爱悲悯之情。亦唯其如此,人生的荷塘里才能开满清净的莲花,微风吹来,花香盈怀。

满山羊角花

海清涓

一

手机老打不通，孙明远忧心如焚。汶川发生大地震，虽然孙明远所在的重庆市也受到了震动，可只是一点点余震，没什么大问题。他担心远在汶川支教的叶细语。

只不过短短80秒的时间，有着"天府之国"美称的四川，就被地震这个恶魔踩踏得体无完肤，千疮百孔。数以万计的人家园被毁，无辜殒命。守在电视旁边，那些真实的画面让孙明远心惊胆战，他一手握手机，一手拿遥控器，看会儿电视，打会儿电话，脸上身上全是细密的汗珠。他大脑里一片空白，心中全是叶细语的影子和笑脸。

叶细语是孙明远的女朋友，两个人是大学同学，相爱三年多了。大学毕业后，孙明远到母亲的服装厂帮忙，叶细语却主动到汶川县的一个乡村小学支教。母亲为此大发雷霆，非要让孙明远跟叶细语分手。孙明远从小没有父亲，是母亲一个人含辛茹苦将他拉扯大的。孙明远不想让母亲伤心，也不愿就此跟叶细语分手。碍于母亲的面子，孙明远表面上同意跟叶细语分手，私底下依然和叶细语保持着恋爱关系。

在这个世界上，除了母亲，孙明远最爱的人就是叶细语了。他几乎每天都要和叶细语通电话。当然电话都是孙明远打给叶细语，叶细语省下来的电话费，可以给学生们买几样学习用品。孙明远在电话里说母亲，说服装

厂,更多的是说对叶细语的思念。叶细语在电话里说她的羌族学生,说学校环境优美、山清水秀,说春秋两季,学校四周的山上开满了奇丽的羊角花,说羊角花一团团一簇簇,红的、白的、黄的、紫的、蓝的、粉的,开得十分热烈,十分奔放,每一朵都含着灵气。

叶细语嘴里的奇丽的羊角花,孙明远莫说见过,就是连听也没有听说过。孙明远真想去汶川一趟,去看看叶细语,看看她的羌族学生,看看她生活的学校,看看那满山的羊角花。由于母亲的原因,孙明远一直没有机会去汶川。

中午12点25分到12点55分,孙明远和叶细语通了30分钟电话。两人在电话里商量,等叶细语一年的支教工作完成后,她就回到孙明远身边。两人还商量,将婚期定在北京奥运会开幕那天,跟同学们在朝天门举行集体婚礼。想不到,一个多小时后,汶川就发生了地震,孙明远就联系不上叶细语了。

二

一个不眠夜之后,孙明远收拾了一个简单的行李,给母亲写了一张留言条,独自赶往震区汶川。

一路上,到处是倒塌的房屋和哭泣的灾民。强烈的8.0级大地震,导致四川西部山区大部分城市乡村坍塌惨重,山体大面积滑坡,山崩路绝电断水缺。去汶川的路被泥石流阻断,电话打不通,救援队进不去,空降兵也降不下去,汶川成了一座与世隔绝的孤岛。

解放军一边抢修进汶川的公路,一边派救援先锋队徒步向汶川进军。孙明远不顾余震和滚石的危险,悄悄地跟在救援队后面。在没有路的地方,这个生龙活虎的小伙子就扑在地上,手脚并用,艰难前行。历经九死一生,三天三夜后,孙明远终于到了汶川县城。一幢幢倒塌的楼房,一张张愁苦的面容,一片片零碎的杜鹃花,将孙明远的心揪成一团。孙明远又往北走了几

十里，终于在天黑之前，到达了叶细语支教的那所学校。

学校坍塌的教学楼，已经成了一片废墟。救援队蹲在废墟上搜寻废墟下的生命，一群学生在学校附近哭泣着不肯离去。

孙明远上前问一个女学生，小同学，你认识叶细语，叶老师吗？

女学生停止哭泣，抽泣着说，认识，叶老师是我们的老师。

我是叶老师的男朋友，叶老师在哪里，快带我去找她。孙明远急忙抓住女学生的手。

后面的学生和女学生一起大哭，地震的时候，叶老师为了救我们，没有跑出来。

细语，不要害怕，你坚持住，我来救你了。孙明远蹲下身子，用木棒在废墟上面翻撬。整整一天一夜，孙明远都跪在废墟上，拼命翻撬，累得上气不接下气，也不肯休息。

鲜艳的五星红旗半垂的第二天，在救援队和搜救犬的帮助下，一个年轻女孩被孙明远从层层废墟中抱了出来。女孩全身伤痕累累，脸上却没有一点伤痕，她的身旁是一片殷红零破的杜鹃花。

学生们一起跪在地上哭喊：罗老师，罗老师，你不要死，你告诉我们，叶老师在哪儿，我们还等她出来上课。

细语，我来看你，我来看羊角花了，你怎么不出来见我呀。看清楚怀里的年轻女孩不是叶细语，孙明远的身子晃了几晃，一下瘫倒在废墟上。

三

埋在废墟中的 79 名学生被救出来后，又一次余震来临，救援队下令所有人离开学校，孙明远还趴在废墟上，发疯似的用血淋淋的手指在废墟里拼命翻扒。

瘦瘦的校长走过来拉孙明远。起重机已经将所有的预制板吊开了，搜救犬也钻到教学楼的最底层，确认下面没有人了。叶老师也许在楼房倒塌

下来的关键时刻，从另一边逃了出去。

孙明远推开校长，细语那么娇柔，她眼睛近视，她跑不出去的，她一定就被埋在房子下面，你给我滚开！自己却重重地摔倒在地上。

校长扶起孙明远，语重心长地说，刚才救援队中有名战友是北川县城的人，父亲、母亲、爷爷、奶奶全死了，他都没有回去，还坚持赶到重震区来抢救灾民。你一个人不顾死活地留在这儿，对得起叶老师吗？

我们都是"80后"，我们从小娇生惯养、自私冷漠，可是，这一场灾难，让我们成熟和理智起来了。我们是中国人的新生力量，有责任和义务扛起这副重担，灾区的每一个人都是我们的亲人。一个年轻志愿者的话，让悲伤的孙明远心痛也感动。

在这次地震中，有比我更伤心的人，他们失去的亲人比我更多。大难当头，个人的悲痛算得了什么，与其在这儿悲愤绝望，不如去帮助活着的人。孙明远摇摇晃晃地站起来，擦干眼泪，跟着志愿者们一起，赶到别的灾区参加救援工作去了。

孙明远救人特别卖力，把每一个人都当成他的亲人。他一个人就从废墟中救出了二十三个人，虽然救出的人当中，没有他深爱着的叶细语，可每救出一个活着的人，孙明远的眼泪都会打湿衣衫。

在救援的空隙，看到灾区人民流离失所，无家可归，孙明远的心绞作一团。用卫星电话给重庆的母亲报了平安后，孙明远话锋一转，说灾区人民需要大量的帐篷，让母亲赶紧想办法。

知道在震区的儿子平安无事，以泪洗面的母亲欣喜若狂，她当即下令厂里的工人停止生产服装，不分昼夜地加工起了帐篷。然后又马不停蹄地跑到重庆红十字会，给灾区捐款50万元。

四

抗震救灾胜利后，被评为志愿者英雄的孙明远悲喜交织。因为，他爱了

三年的女友叶细语还没有找到，生不见人，死不见尸。

离开汶川的时候，孙明远什么都没有带，只带了七棵羊角花。孙明远刚刚才知道，叶细语说的羊角花其实就是杜鹃花。羊角花这个名字不是叶细语取的，是羌族人一直把杜鹃花叫作羊角花。而杜鹃花的花语是，永远属于你。

回到重庆，孙明远将羊角花小心地栽种到家中的阳台上。每栽种一棵羊角花，孙明远就在心里对自己说一遍：细语，你在哪里，我好想你。2008 年 8 月 8 日是我们举行婚礼的日子，你是这个世界上最美丽最圣洁的新娘，婚礼上没有你怎么行？

没有人知道叶细语去了哪里。所有人都相信叶细语是在地震时失踪了，而不是被埋在废墟最底层了。这样美丽善良的年轻女教师，是不会轻易从美好的人间消失的。

看着阳台上的七棵羊角花，孙明远固执地认定，他的生命中将有奇迹出现。某年某月某天某时某刻某分，魂牵梦绕的心上女孩叶细语，会突然回到他的身边，依偎在他怀里，笑看阳台上娇艳欲滴绚丽多姿的羊角花。

暧昧如花，只开一季

积雪草

一

沈素心穿着足足有七寸高的高跟鞋，站在街边叫车。时逢下班高峰期，天又飘着雨，那些车鱼一样在她的眼前游来游去，却没有一辆肯为她停下来，倒是飞起来的泥点，溅到她漂亮的长裙上，刚刚在美发屋里做过的发型，被雨丝打湿，软软地贴在额上，狼狈而又难受。

她掏出手机，皱着眉，扫了一眼上面的时间，再拦不到车，只怕真的要迟到了。最要好的闺蜜今天结婚，晚上在香厨坊宴请知心好友，自己怎么可以迟到？

正在左顾右盼的时候，一辆皇冠稳稳地泊在她的跟前，车里的男人她是认得的，叫韩冬，是她的上司，听说能干、有才、有背景，年纪轻轻就做到部门主管，将来肯定非等闲之辈。虽说平常亦只是工作之交，但总能道听途说一些关于他的八卦新闻。

韩冬打开车窗，探头问她："去哪里？可以给我一个为美女效力的机会吗？"沈素心稍微迟疑了一下，就点头答应了。这个时间段实在太难叫到车了，她不想自己站在这湿淋淋的雨地里，慢慢变成落汤鸡。

车里的音乐很抒情，是蔡琴的经典老歌，她有一丝惊喜，有他乡遇故知的感动。她急急地问了一句："你也喜欢她的歌儿？"他答非所问："沈小姐穿这么漂亮，和谁约会去？不知道哪个傻小子有这样的好福气。"他的语调平

缓、真诚，丝毫不掩饰自己的羡慕之情，目光中有一朵一朵盛开的惊艳，从后视镜里传递给她。她早已不再是青涩的年纪，26岁，如假包换的熟女，什么不懂？可是偏偏就那么不争气，这样的恭维，还是让她的心动了一下。

这时节，手机恰到好处地响了起来，是杨飞，他急匆匆地说："我去接你，他们说你走了。"沈素心简单地说："去香厨坊会合。"

韩冬的目光，再次从后视镜里落到她的脸上，笑言："名花的身边总是蜂飞蝶舞，唉，看来我是没有什么机会了。"

沈素心知道韩冬是开玩笑，但是他的玩笑让人听着很熨帖很受用。

二

逐渐的，沈素心和韩冬就熟悉起来，一个部门里待着，总是低头不见抬头见。沈素心换了一套衣服，韩冬丝毫不吝啬自己的溢美之词，表情夸张而生动地说："天，这套衣服穿在你身上，简直是绝配，无论款式还是颜色，简直是为你专门制作的，你真是好眼光。"沈素心换了一款妆容，他就一脸虔诚地说："你化这个妆简直像天使，害得我在你跟前不敢说话，不敢呼吸。"

沈素心本来心情不好，早上刚刚和男朋友杨飞吵了几句，杨飞看中了一套偏远的小户型房子，想把两个人攒的钱拿去付首付，有了房子，然后就结婚。但是沈素心死活不同意，她的理由是离公司太远，上下班不方便。两个人言来语去就吵了起来，而且都说了很极端的话，她说他没本事还想结婚，简直是异想天开，他说她有本事拣高枝去，只要飞得上，谁也不拦着。

韩冬的马屁刚好拍在沈素心的马脚上，沈素心讥笑他："早就听说你的马屁功夫炉火纯青，超一流，果然不假。"

不成想，这一句话竟然让韩冬的脸红了，他嗫嚅着解释："看你的脸阴得能滴下水来，不是想逗你开心乐一下吗？女人一生气老得快！"

沈素心就心软了，眼圈也红了，想想所为何来？自己凭什么对人家韩冬发脾气？人家又不欠自己什么。而杨飞，还是自己名义上的男友，还不如一个不相干的人知道怜惜自己，这还没结婚，等将来结了婚，还指不定什么样呢！

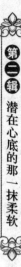

三

夜里睡不着，竟然满心满眼晃的都是韩冬的影子，沈素心吓了一跳。

韩冬得了急性肠炎，在医院里吊针，同事们都去看他，她也去了，夹杂在一堆同事里，她也不好明目张胆地说出自己的牵挂和担心。倒是韩冬，目光穿过众人，落到她的脸上，关切地问："素心，你怎么瘦了？是不是也生病了？不会是被我隔着空间传染了？"

大家都笑，沈素心却笑不出来。她和杨飞又吵架了，因为之前几天，杨飞去公司接她下班，刚好看见她站在韩冬的车前，两个人眉来眼去。其实事情很简单，韩冬说顺道载她回家，沈素心不肯，两个人僵持了一会儿。男人献殷勤，只要不出格，女人十有八九都是愿意接受的，但是沈素心怕杨飞误会，所以坚拒不受，但杨飞还是误会了，坚持说他们眉来眼去，而且一怒之下从合租的屋子里搬走了。

孤家寡人的沈素心更加想起了韩冬的好，不自觉地拿韩冬和杨飞做了比较，韩冬帅气儒雅，事业有成，将来前途不可估量，最重要的是韩冬懂得风情，会关心人。杨飞不同，人虽然踏实平和，但是薪水少得可怜，而且不停地跳槽，很难说将来会怎么样，买一间小房子，两个人就打得人仰马翻，数天不说话，将来怎么可能给她想要的幸福？更何况人像木头一样，半点不解风情。

所以杨飞的离开，沈素心并没有给他一个重修旧好的台阶，而是把心绪彻底游离，放在了韩冬的身上。杨飞给她打电话她不接，杨飞给她发短信她不回，杨飞在QQ上给她留言，她看都不看就直接删除了。杨飞只好自己提着包回来，低三下四央求她开门，她假装不在家。

沈素心是狠了心要跟杨飞一刀两断的。

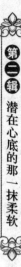

四

韩冬虽然对她很好,而且三番五次话里话外露出倾慕之情,但是她也拿不准是不是桃花逐流水,郎有情女有意。这就好比烧开水,要想明确两个人之间的关系,需要再添一把柴。

沈素心想好了,就添一把柴,把水煮开。

韩冬和她依旧保持着若即若离的关系,比同事关系近一点,比情人关系远一点,偶尔一起喝喝茶,享受他的温情泛滥。偶尔他也会送她回家,抵着她的耳朵说:"真想去你的闺房参观一下,我有这个荣幸吗?"沈素心笑而不语,他就自嘲:"你看,我就是这样急不可待,不像个正人君子,下次吧!"

沈素心站在傍晚的楼下,看着他离去的背影,心中生出一丝失落。

为了添这一把柴,沈素心花了很多心思,终于给她逮着一个机会,公司安排她和韩冬一起去杭州出差。

心中生出惊喜的沈素心,和韩冬到了杭州,办完事,然后一起游玩了断桥,烟雨西湖边,一起凭吊了苏小小墓。韩冬痛惜不已,感叹道:"这么美丽有才情的女人才活到十几岁,像我这样的凡夫俗子却能活到几十岁,真是造化弄人啊!"

两个人像情侣一样,牵着手走在杭州的街头,一会儿抵头耳语,一会儿放声大笑,招引得路人每每回头,韩冬对沈素心说:"他们一定是在羡慕我!"沈素心偏着头,有几分天真地问:"羡慕你什么?"韩冬说:"羡慕我有美女相伴啊!"沈素心娇嗔:"你这人可真会转着弯恭维别人,该打!"韩冬皱着眉,做出很痛苦的样子:"你若不喜欢听,我憋着就是了,不过说真的,心里话不能说出来,还真的挺难受的。"

沈素心笑骂:"你这人可真赖皮。"

韩冬像小孩子一样不肯吃亏,回她:"你才赖皮。"

两个人在杭州街头乐作一团……

五

杭州是一个适宜爱情生长的地方。

晚餐的时候,沈素心故意多喝了一些酒,她想在杭州的这个夜晚,让自己的爱情开出一朵艳丽的花儿,否则就辜负了这么美丽的城市,这么美丽的夜晚。

喝了酒的沈素心,脸上桃花灼灼,眼睛里春水荡漾。和韩冬一起上楼时,韩冬在她耳边低语:"妖精,今晚你可真漂亮,想迷死几个啊!"这话有几分调情的意味,沈素心借着酒色盖脸,回应他说:"我只想迷死你。"一句话没有说完,脚下一崴,险些摔倒,幸好旁边是韩冬,一侧身接住了她。沈素心就势软软地黏在韩冬的身上,韩冬只好半搀半抱地把她扶上楼。

原本,两个人的房间是门对着门,隔着一条过道,但韩冬却把她扶进了自己的房间。沈素心闭着眼睛,听韩冬拉窗帘的声音,听韩冬去浴室冲澡的声音,听韩冬吹着口哨,她的心不由自主地狂跳起来……

以为会有一个无尽香艳的夜,但,一直到天亮,却什么都没有发生。韩冬蜷缩在床的另一边,不大一会儿,便响起均匀的鼾声,一直到天亮都不曾改变睡姿,睡得很香甜,睡得很酣畅,把身边的沈素心一个人丢进无边的夜里。

沈素心在这个适宜爱情生长的夜晚心凉如水,清醒地睁着眼睛看着窗外闪烁的霓虹,一颗泪顺着眼角滚进雪白雪白的软枕里。从头至尾,都是她一个人在犯傻,韩冬除了那些听起来很暧昧的话,跟她从来没有过实质性的交往,两个人没有金钱上的瓜葛,更没有身体上的纠缠,她只是在所谓的感情游戏里,唱了一出独角戏。

早晨起来,韩冬问她要不要去一楼的酒店餐厅吃早点,沈素心面无表情地摇了摇头,韩冬温言软语:"不吃早餐可不是好习惯,特别是你这么漂亮的女人,保护好你的美丽是你的责任,走,喝杯牛奶去!"

若是平常,这话一定会让沈素心感动,可是今天,她觉得这话可真假,真做作,真恶心。她想不出更多的词来形容眼前这个男人,收拾好来时精心准备的衣服,塞进旅行箱里,没有和韩冬告别,一个人走了。

六

暧昧如花,只开一季,美虽美矣,但却不是人人都想要的。

回去之后,沈素心辞了职。

偶尔,她会想起一个叫韩冬的男人,一个怎么添柴都煮不开的温水,只想要暧昧,不想要责任的男人,而自己却煮得很卖力。

偶尔,她也会想起一个叫杨飞的男人,一个添把柴就会煮开的热水,却被她那么轻易地放弃了,弃之如敝屣。

想起往事,沈素心觉得,一颗心正在麻木,或者日渐苍老。

烟花乱

王国军

一

莫小米是在酒吧认识刘子寒的。第一眼,莫小米就被他深深吸引住了,高高瘦瘦的,打扮得干净整齐。莫小米几乎是颠着屁股跑过去的。

她跟他敬酒。他端起了酒杯,回敬。那优雅的姿势,像蚕丝一般绕住了她的心。莫小米喜欢这种心动的感觉。她不喜欢太邋遢的男人,比如谭爱错。谭爱错是她的男朋友,典型的富二代,才二十四岁就已经有两家公司了。莫小米上大学的所有钱都是他垫付的,才大二的时候,谭爱错就把她的父母接到了城里,买了个三室两厅,还请了保姆,这一切,都是拜谭爱错所赐。他说,等她做了自己的妻子后,他就让莫小米的弟弟做经理。莫小米的父母都说,有这么好的男人,值了。可莫小米不这么认为,她真的不喜欢谭爱错,但又欲罢不能。

谭爱错是爱她的,明眼人一看就知道,而且很专心,莫小米一有什么事,他就紧张得不得了。因为成天被众人捧着,她一度很高调地认为,自己这一辈子,一定会找一个自己深爱的男人,却不想还是败给了现实。可是有什么办法呢,她唯一能报答生养父母的,也就只有这么多了。

直到遇到刘子寒,莫小米突然奇想,在结婚之前一定要找个自己喜欢的男人,轰轰烈烈谈一场恋爱,哪怕粉身碎骨,也心甘情愿。

二

莫小米特意为刘子寒点了一首歌,然后要他的电话号码,却不想遭到了拒绝。莫小米的狠劲儿一下子来了,长这么大,她想做的事情还没有不成功的。

刘子寒向东,莫小米也向东;刘子寒向西,莫小米也向西。刘子寒把这条街走了整整两个来回,莫小米就笑,刘子寒就说,你笑什么呢,我只是忘记了天安门广场从哪条路进去。原来是个路痴啊,莫小米心里说着。她抓着刘子寒的手,一直跑到天安门广场,她真的想就这么抓着自己喜欢的人,直到天荒地老。

她送他回家。那是个什么样的家啊。在破烂的小巷深处,还是六楼。可以用三个字来形容房间的摆设:脏、乱、差。

原来是个北漂族。

房间有把小提琴,那是莫小米最喜欢的乐器。莫小米拉了一首《月亮代表我的心》,一串流畅的音乐便从她的指尖滑出来。刘子寒整个人都傻了,他说,你也喜欢音乐的啊。

莫小米给自己开了个微博,取了个契合现在心情的名字——好好爱一回。

之后,莫小米总会隔三岔五地跑到刘子寒的房间里玩。

刘子寒还是个自由撰稿人。

莫小米最喜欢拿着他的稿费单,一张张数,末了,加一句你可以教我写稿吗?他真的教她写,她也真的写,往往是半个小时就写好了,他改,却花费几个小时。

她还想了解他更多,甚至包括他的过去,他看着她,只笑。她喜欢看着他沉思的样子,安静而祥和,好几次,她都想把自己的身体靠在刘子寒的怀里。她不喜欢谭爱错的怀抱,一靠上,满嘴的胡须跟着就来了,她喜欢静静

地拥抱,比如和刘子寒。不过,她一直都在想,刘子寒的定力怎么这么好。即使有时,在他眼前换衣服,他也无动于衷。

生日那天,莫小米是和谭爱错一起过的,在一家五星级酒店,两个人吃饭,却有三个人服侍。生日蛋糕送进来的时候,谭爱错突然摸出一个钻石戒指,单腿跪地,他说,小米,嫁给我吧,只要我有的,我什么都给你。谭爱错就是这么自大的人,他以为钱能解决一切,是的,钱能买来一个人的空壳,却买不了来自灵魂的真挚情感。

不过,莫小米还是满面笑容地收下了他的礼物。

晚上,莫小米找了个借口,打的直奔天安门广场。

刘子寒就坐在那里拉小提琴,坐下,刘子寒摸出一页手稿说,给你写的诗,生日快乐。莫小米整个人都轻轻颤抖起来,此时的她已经完全沉浸在浪漫的海洋里。刘子寒是喜欢她的,要不然就不会给她写诗了。

莫小米拖着他的手跑到天安门的楼上,她早就打听清楚了,今天晚上会有一场流星雨。晚上一点时,流星雨如期而至。莫小米靠着他的肩膀,她说,子寒,很久以前,我也和你一样,充满了梦想,所以,当我第一眼看到你时,我就深深爱上了你,你知道吗?

刘子寒和她照了一张大头贴,出来的时候,莫小米说,大家都说,恋爱的女孩是世界上最幸福的人,果然如此啊。

莫小米在微博上写道,这是她人生第一次自主的恋爱,她陶醉其中,她有了再活一次的感觉。

三

莫小米的婚事安排在元旦。蜜月旅行的计划也定好了。莫小米弟弟的事情也办妥了,谭爱错在公司的股东大会上说,好好干,将来你前途无量。

婚礼前的一周,莫小米决定去找刘子寒。她决定把什么事情都告诉他,可是等真正见到刘子寒时,她却什么也说不出来。

唯有拥抱,唯有热吻。但她分明发现,刘子寒变得憔悴了,也开始抽烟了,常在夜深人静时,一个人在阳台上吞云吐雾。也许,他已经从媒体的报道里,知道自己要结婚的消息了,可是有什么办法呢?在现实面前,爱情往往苍白得不堪一击。

结婚的前一天,莫小米又去了他那里。半夜里,她几次从刘子寒温暖的怀抱里惊醒,她和他说着自己家里的情况,说着父亲的病,说着弟弟的事。她说,能让父母晚年有个安定的港湾,能让弟弟有份稳定的工作,这就是她的梦想了。

莫小米边哭边说。末了,莫小米说,子寒,对不起。

刘子寒坐起来,点燃一根烟,看着她,一如以前的优雅,又过了一会儿,刘子寒说,小米,你放心吧,我不会打扰你生活,自此,就当我们从来没认识过。

莫小米是哭着跑回去的,她一直认为,自己在他的生命中会扮演很重要的角色,却没想到,他也能如此优雅地转身。那天的微博上,只有用泪写的一句话,伤,并痛着。

莫小米的婚礼按期举行,接着就是半个月的蜜月旅行,在这期间,莫小米多次给刘子寒发短信,但都是杳无音讯。

回来后,莫小米迫不及待地去找刘子寒,但已是人去楼空。在房东那里,莫小米拿到了刘子寒留给她的小提琴和一盒巧克力。刘子寒在信上说,不开心的时候吃一颗,什么烦恼都没有了。

四

婚后的日子并没有莫小米想象得那么完美。谭爱错天天忙着公司里的事情,很少回家。莫小米也不介意,她乐于做一个阔太太,今天和经理的太太去香港购物,明天找董事长的小蜜搓麻将。或者,在微博上发些琐碎的牢骚。

偶尔,也去下酒吧。坐在刘子寒坐过的地方,抿着酒,静静地沉思着。一切犹如昨天发生,却早已远隔天涯。

莫小米忽然想起刘子寒曾经对她说,他要写本小说。想到这,莫小米站起来,跑出去,拦了辆的士直奔书城。

刘子寒的书就摆在畅销书的位置上,封面上赫然写着"烟花乱"三个字。莫小米一口气买了三本。回来的时候,莫小米在微博上感叹,他终于成功了,终于实现了自己的梦想,他就像草原上的雄鹰,任何痛苦和挫折都无法阻挡他前进的步伐。

书中的女主人公也叫小米。几乎是一样的遭遇。那个叫小米的女人,在酒吧邂逅了一个文学青年,两人也因此相知相爱。故事的结尾是,小米和一个富翁结婚了。所不同的是,在书中,小米做了个相夫教子的好妻子。而现实中,莫小米什么也不是。

莫小米是流着泪看完这本书的,以至于谭爱错进来时,她都没发觉。轻轻替她擦了泪,谭爱错随手翻了几页,说,这里面的女主人公怎么那么像你。

莫小米说,你不知道很多记者都在采访我啊?又轻轻地笑,你累了吧,吃饭了没?我去给你做饭吧。

谭爱错突然站了起来,惊讶地走过来,摸她的额头,你没发烧吧?莫小米瞪了他一眼,说,难道你认为我只是个蛮不讲理的人啊。谭爱错就笑,那我该如何感谢你呢?

进厨房前,莫小米走到电脑前,轻轻关闭了微博,她在心里说,真要谢,就好好过日子吧。

老师，你笑起来很好看

薛俊美

一

雪花簌簌，寒风扑窗。

电视上说，这是本地区近二十年来最冷的一年。

偌大的教室，冰窖一样。我牙齿打战，抖抖索索讲完内容。板书时，冰冷的手指都拿不住粉笔了，好容易才写完所有的知识要点。走下讲台，检查学生掌握的情况。走过来，转过去，教室里静静的，学生们蜷缩成一只只小猫，用最紧缩的模式和最不占空间的状态，承受着来自寒冷的侵袭和肆虐。

女生，手上戴着写字专用的半截手套；男生，不屑戴这个，大都两手抱着盛满热水的塑料杯子，暖和着双手，偶尔也将杯子贴近脸部，暖和一下跟地板一样冰凉的脸颊。

手，沾满了粉笔灰，几近僵硬，冰冷生疼的感觉刺穿我的心肺。两手来回交叉着搓一搓，等到手掌和指尖不那么生硬了，再靠近嘴边，轻轻哈着。

整节课，我的脸始终僵硬呆板，挤不出一丝笑容，天冷得让我无暇顾及自己在学生面前的教师形象。我怕冷，就算在三伏天，手也冰凉，更何况这数九寒冬。上课还不能戴手套，不然会影响板书的美观。我轻轻吸一口气，继续巡视。

老师，一个名叫阿泽的男生低低唤一声，随即把手中盛满热水的杯子递给走到他身侧的我。我笑了一下，没接。我知道，静坐着且衣着单薄的他们比我更需要手中这一点点的暖意。

阿泽又将胳膊往前一伸，这次，我接收到了他无声却固执的语言：老师，暖暖手，给你的。

接过杯子，瞬间，一股热热的感觉从指尖，到手掌，最后蔓延我的全身。

走上讲台，握着一怀抱的温暖，我莞尔浅笑。阿泽喊一句，老师，你笑起来很好看哦。学生哄笑起来，教室里洋溢着春天般的温暖。

此后，这个冬天的每节语文课，在我讲完课踏下讲台时，总会有一个男生手一伸，杯子一举，慷慨地递给我盛满热水的杯子，固执无声地等我接受他们给予我的温暖和友好。

暖意，在手掌，更在心间流淌，催开我笑容的花朵。

二

根据学校安排，每个教室都要进行绿化、美化。教室的后面，摆满了菊花、一叶兰、金钱草和仙人球等各类好养的花花草草。讲得口干舌燥之后，我喜欢走下来，看一看，逛一逛，瞅瞅这一抹绿意，闻闻那一缕清香，精神为之一振，身体的疲惫也就不翼而飞。

这一方花草的天地，也是学生的天堂。他们经常讨论该怎样养花，怎样浇水，叶片上生了小虫子该怎么办。那绿油油的叶片，那娇媚婀娜的花朵，倾注了学生的喜欢。以至于我在黑板上板书的时候，有两个男生竟然偷偷溜到教室后面，竞猜马上就要凋零的菊花到底有多少枚花瓣。

我听到身后学生的窃窃私语和压低的笑声，回头，看到那两个"愚蠢"的男生躲在菊花后面，以为我根本就看不见他们。见我看，阿伟快速跑回了自己的座位，可那个叫大林的男生则尽量压低自己的身段，把前面挺拔的菊花当成他的护身符。

学生笑得前仰后合，我压住心底的怒火，怎么，大林同学，你以为自己穿了皇帝的新装吗？说完，我走下讲台，手一伸，去揪他的耳朵。

大林以前领教过我揪耳朵的厉害，吓得抱头鼠窜，猛一起身，"砰"的一声，菊花连同放花盆的凳子一齐重重砸在地上，碎片、菊花瓣和泥土洒落一地。

不待我张嘴，大林主动去墙角站着接受惩罚。我继续讲课。

第二节上课时间到了，我推开门，学生前所未有的安静，齐刷刷看着我，很诡异的样子。

肯定有什么不对。果然，教室后面，我发现了端倪。一地泥土一地落花，已被打扫干净。地上，那些被碰掉的菊花瓣变成了一行歪歪扭扭的字：别生气了，老师。字后，摆了一个很夸张的笑脸。

学生惴惴不安地看我的面部表情变化。黄黄的菊花瓣，诗意地在地板上妖娆出春的勃勃生机和秋的橙黄橘绿，很美的感觉。我忍不住嘴角上翘笑起来，学生叽叽喳喳，瞧，老师笑了，她不生气了，耶！

那节课，时间飞一样快，幸福微笑的我和学生似在云端曼妙自如。

三

每学期的公开课于我而言，不亚于一次酷刑：装模作样把演练了无数遍的旧课上成从来没上过的新课；假模假式设计由谁来回答问题、谁来提出疑惑；装腔作势批评一个早已布置好在某个特定时间段出来捣乱的学生，顺势做思想教育工作，以展示老师的苦口婆心和蕙质兰心……

人在江湖身不由己，我得好好上，毕竟还得靠工资养家糊口呢。

教室后面，已然坐了黑压压一群来自各地的评委，我心里憋屈和倔强着，脸部的僵硬和手脚的不协调可想而知。

教室鸦雀无声，走上讲台，一张小纸条赫然入眼，展开一看，上面写着：老师，好好上别害怕，我们都是您的孩子。落款是：您的孩子。

鼻子酸酸的，我几近哽咽，心里却春暖花开。想不到平日里这群调皮捣蛋的学生，竟以这样柔情暖意的方式融化了我心里的坚冰，好好上课，用心上课,才对得起这群自称是我的孩子的学生。

我的孩子听我的课,我绝不会弄虚作假来糊弄他。那一刻,我决定,摈弃准备演戏的讲课方式,换成一堂新课,用一颗良心去给我的孩子们上课,以后的每节课都应是如此。

那堂课,很成功。课后,很多人都流泪了,我也流泪了,笑容却灿烂如花。评委说,很久没听到这么感人的课了。

这一路,学生给予我的,远比我传授给他们的更多、更多⋯⋯日子一天一天过,我的心如春日花海,温暖的笑容是我心底永不褪色的花朵,日复一日氤氲着怡人的芬芳。

以后的路,我和我的学生,不,我和我的孩子一起笑靥如花。

排异

孙道荣

眼前的景致,让大家惊叹不已,这真是一块世外桃源啊,山是翠绿的,水是碧清的,天是蔚蓝的,空气是清澈的,就连狗吠鸡鸣,都透出一股洁净的气息。

我们这群城里来的人,都大口大口贪婪地呼吸着,有人扩胸,有人深呼吸,有人放开嗓门长吼,似要将体内积压已久的郁闷、污浊之气,都逼出体内。有人建议,这次难得远离拥挤、繁杂、喧闹的大都市,有机会来到如此幽静纯净之地,一定要好好呼吸几口新鲜空气,多尝尝真正无污染的绿色农家菜,让身心彻底地放松一次。大家一致赞同。

下午大家自由活动,有的在大树下闲坐,有的在小溪里戏水,有的在田埂上漫步,有的与田间劳作的农人闲谈,都以各自喜爱的方式,与大自然亲密接触,每个人的脸上,都洋溢着从未有过的轻松、惬意、舒适的笑容。

傍晚集合时,队伍中有人出现了不适。办公室的小丽和外勤小张,都忽然感到嗓子很痛,呼吸困难。曾经做过护士的黄大姐帮两人检查了下,喉咙无异物,也没有感冒迹象。有人建议她俩多呼吸几口清新的空气,或许就好了。两人走到空气最清澈的池塘边,大口大口地呼吸,奇怪的是,症状不但没有减轻,反而加重了,每呼吸一口清新的空气,都感到喉咙和胸腔奇痛无比。还是黄大姐见多识广,她给两人一人找了一块口罩,两人一戴上,痛感竟然奇迹般地消失了。大家取笑两人,怕是没有呼吸新鲜空气的福分。

在大家一致要求下,晚餐吃的全是地道的农家菜。接待我们的村民告诉我们,他们这里种的蔬菜,既不施化肥,也不打农药;既不是转基因的,也

不是杂交的,都是土生土长的本地菜。而且,这些蔬菜都是刚刚从村头的菜园子里摘来,在小溪里洗干净的,绝对的绿色食品。荤菜有鸭子和鱼,鸭子是吃苞谷放养大的,没有喂食过任何饲料,也没有注射过任何药物,至于刚刚从小溪里捉上来的野生鱼,更是纯天然的,绝不会像现在的养殖鱼那样,除了都是吃饲料长大的,还可能喂食了避孕药之类的东西。房东大婶笑盈盈地对我们说,她烧菜用的菜油,都是自家种的油菜籽压榨出来的,绝不会像城里的某些小饭店,用地沟油。

满满一桌正宗的农家菜端上了桌,土色土香的气味扑鼻而来,我们都咽着口水,争先恐后地伸出了筷子。一股久违的滋味,从舌尖直入肺腑。好客的村民还给我们打来了一盅自家大麦酿造的土烧酒,大家一品尝,与城里大饭店昂贵的名酒比起来,口感纯正绵延,没有一丁点儿勾兑的怪味。这一餐农家饭,个个吃得是有滋有味,满口余香。

晚上本来要安排一些娱乐活动的,可惜刚吃过晚饭不到半个时辰,好几个人的肚子,忽然轰隆隆雷鸣般地响了起来,闹肚子了! 一时间,茅坑边排起了长队,几个可怜人,顷刻之间拉得形如虚脱。难道是晚上的农家菜吃坏了肚子? 那为什么与我们同桌的几位村民,一点事也没有?

所幸几个闹肚子的人,连着进了几次茅坑,折腾了一两个小时后,情况总算好转了。大家也没了娱乐的兴致,都想好好地睡个安稳觉。村民将家中最干净的床铺,留给了我们。乡村的夜,真安静啊,静得连自己的心跳,都听得一清二楚。躺在散发着阳光气息的农家铺上,我们关掉手机,拉灭了电灯,大家都想在逃离喧嚣的城市后,美美地睡上一觉。

第二天早上,大家起床后惊讶地发觉,我们这群人,个个都黑着眼圈,眼睛浮肿,气色蜡黄。这是怎么了? 大家互相一问,原来我们几个人,昨夜一个也没有睡踏实。难道刚出来一天,就都想家失眠了? 还是老刘一语道破天机:农村的夜真是太寂静了,听不到路上疾驶的汽车声,也听不到家家户户的电视声,甚至听不到喧闹的人声,太安静了,反而辗转反侧睡不着了。

竟然是这样! 怎么会这样? 大家一时无语。返城后,有人就我们此行

的种种遭遇,向一位专家请教。专家沉吟片刻,向我们解释说,这是典型的排异反应啊。因为农村的环境太好了,导致慢慢习惯了废气、噪声和垃圾食品的城里人反而无法适应,进而产生了抵抗性的排异反应。

大家面面相觑,惊愕不已。有人甚至担心,如果有一天,城里的环境也整治得像农村一样纯净了,我们会不会反而不能适应,无所适从了呢?

从前的慢时光

薛俊美

慢，是一种美丽的境界。很多的时候，慢是春日里一树桃枝上缀满花苞的红花绿叶；慢是恋人送别执手相看泪眼时你呢我喃的缱绻万般柔情；慢更是人闲桂花落里的庭前花开花又坠的闲适。

从前啊，那么慢，那么好！

外婆就是这样一个慢性子的人，说话轻言细语，做事不急不躁，走路稳稳当当。偏偏外公是一个爆仗脾气，一句话不合心意，就爆将开来，"腾"一下烟花四射，很容易就灼伤到人。

好在外婆心地好，心肠软，很少计较，多半对外公的吹胡子瞪眼轻轻浅浅一笑而过。外公也就变成干打雷不下雨的主，呜里哇啦一通也就草草收场。急性子的外公，遇到慢脾气的外婆，就像一通呼风唤雨的降龙十八掌打在了柔软暖和的棉花上，绵软化遒劲，只剩下空中柔和的新棉花特有的芬芳清香的味道。

下地回家，外公的脸被烈日烤得通红，一身的汗珠子噼里啪啦往下掉。不待放稳锄把、背篓这些农具，就一脚踢飞了傻等着吃食的小鸡，哗啦一声差点儿把板凳坐散架。外婆总是笑眯眯的，不急不躁，不慌不忙，递上毛巾，然后是一大瓷缸晾好的菊花茶，有时是金银花茶。外公牛饮一般急不可待，咕咚咕咚喝下肚，板着脸开始挑刺儿：都前胸贴后背了，喝上一桶水能当饭？也不知道上饭，你咋做人家媳妇的？说罢，还要将矮矮的八仙桌狠狠敲上一敲，末了，还要加一句声调加重、拖长后音的"嗯"，我们这些小孩胆小如鼠，早被吓得战战兢兢，大气不敢出。

外婆踮着小脚,三出三进,两只手玩杂技顶碗一样,端来香喷喷的烙饼,软和喧腾的煎饼,自家酿的韭花酱和腌制好的辣椒小咸菜,一盘青青的豆角点缀着红红的辣椒丝儿和绿绿的葱花,香味扑鼻而来。外婆拉拉这个,拽拽那个,让我们都坐下,外公鼻子里"哼"一声,嘴里却吧嗒吧嗒开始了咀嚼运作。外公吃饭的架势,风卷残云一般,不多时,一小摞煎饼下了肚。在我幼小的心看来,快自有快的金戈铁马、驰骋江湖的气魄,是那种仗剑天涯的胸中荡云层、豪气冲云天的气势。

外婆却抿着嘴,一小口一小口,一小下一小下,细嚼慢咽,有滋有味地品尝着人生。就是直到现在,我也没有见过比外婆更优雅端庄的吃饭范儿了,那真是一口一乾坤,一口一世界,人生的万千滋味就全融化在心里了。慢自有慢的美妙,就如蹲下来看一朵花慢慢绽开,等待花瓣轻轻伸展,心中氤氲的是贴心贴骨的舒适,葱茏缤纷的美丽和清淡可人的雅致。

那个时候,我更喜欢看外婆梳洗一头长发。春日的暖阳中,外婆烧好一大壶开水,我和姐姐抢着用稚嫩的手臂,你一下我一下从压水井中压出清凉沁人的井水,笑着嚷着给外婆调制好温热适度的水。那厢,外婆也拆下发簪和网头发的黑网,一下一下轻轻梳着,发丝儿在春阳中垂成一条瀑布。外婆头发浸在水中,我和姐姐一左一右,如两尊守护神,随时准备给外婆递上她需要的皂荚液和毛巾。铜盆的温水换过三遍之后,外婆的头发就洗好了。

小竹椅,木梳子。桃树下,清风中。院子里,鸡鸭鸣。

在我看来,外婆是在梳理头发也是在梳理过往岁月里的温馨和美丽,看她那矢车菊花瓣一样布满皱纹的脸就知道,平静,淡然,永远都是一副干干净净、从从容容、与世无争的模样。捡拾一瓣花,采撷青青草,收拢几抔雪,凝视一滴雨。外婆伴随着岁月安静不间歇的脚步,将慢性情、慢架势和慢行为,浸润了生活的角角落落。鸡笼边,外婆眯着眼睛撒下谷粒,自言自语跟芦花鸡、大黄鸡们说着慢吞吞的话语;桃树下,外婆拿着扫帚,一下一下扫出一道一道清晰的印痕,如生命的波纹一圈一圈缓缓有序地荡漾开去;爬满喇叭花的篱笆墙外,外婆撒下一粒粒种子,心平气和、气定神闲地酝酿一个橙黄橘绿、春华秋实的季节。

　　金子一样的阳光,在外婆的白发上跳动着、跳动着,如同一个调皮的孩童,总也不肯停歇去远方的脚步。我和姐姐蹲坐在外婆的身旁、膝下,托着小小的腮,时光好像在这一刻停滞不前。风吹过,桃树上落下簌簌的花瓣,落在外婆的头发、肩膀和衣袖里。有香自来,当时只觉得外婆有说不出的美丽、娴静和典雅。后来,才知道,用这样一首诗来描绘当时的意境和诗情最是熨帖不过:

> 记得当时年纪小
>
> 你爱谈天我爱笑
>
> 有一回并肩坐在桃树下
>
> 风在林梢鸟儿在叫
>
> 我们不知怎样睡着了
>
> 梦里花落知多少……

　　读过作家木心那首叫《从前慢》的小诗:

> 记得早先少年时
>
> 大家诚诚恳恳
>
> 说一句,是一句
>
> 清早上火车站,长街黑暗无行人
>
> 卖豆浆的小店冒着热气
>
> 从前的夜色变得慢
>
> 车,马,邮件都慢
>
> 一生只够爱一个人
>
> 从前的锁也好看,钥匙精美有样子
>
> 你锁了,人家就懂了

从前慢,从前慢呀!

　　外婆用"慢"书写了人生的旅程和岁月的光华,用"慢"成就了家的温暖和静美。从前慢,宛若云端的彩霞,开成似锦的陌上花。那浅淡的暗香,氤

氤了俗世里的一草一木，一花一树，兀自欢喜着。

　　煦风拂过心灵的原野，缓缓归矣。

唤醒心中的巨人

　　别人拥有的,你都可以暂时没有,但有一点你一定要有——那就是一颗永远追求成功的、快乐的、熊熊燃烧的强烈企图心——因为只有它,才能唤醒你心中的巨人。

家门口的那棵山楂树

薛俊美

青葱岁月乘着清风渐渐远去,蹉跎岁月驾着南瓜马车姗姗而至。都说红了樱桃绿了芭蕉,在橙黄橘绿的时节,望着点点泛红的山楂果,那种万绿丛中万点"红"的绝配色彩,逼入我的眼睛,鲜活着我心底深处的那份悠长的记忆。

红了的是山楂果,一枚枚像极了东方那轮旭日鲜红耀眼;绿了的是山楂叶,一片片好似春姑娘不小心泼洒了绿颜料般青翠鲜艳;黄了的是心中那份记忆,犹如枝头缀着的枚枚金橘灿烂夺目,呼啸着打开记忆的闸门,催开了我的心底之花,呼啦啦开满了长着青草的山坡,繁花似锦一路迤逦绵亘,依红偎翠顿时沁香满怀。

小时候的我,爱吃酸酸甜甜的山楂果,有事没事兜里就揣着几颗。想吃了,就撂嘴里一颗,酸倒了我的牙,我就大笑着伸头拱入父亲的怀抱。父亲总是慈爱地笑笑,手高高扬起在空中,却又轻轻落在我的屁股上,像掸去灰尘般,嗔怪我一句:"这个馋妮子!"我不管不顾,脑袋就依偎在父亲的胸膛上蹭呀蹭,嘴巴却咀嚼个不停。

酸酸甜甜的感觉就弥漫在我的口腔和全身,我晃晃脑袋皱皱鼻头,对父亲下命令:"接着!"父亲就呵呵笑着,摊开厚实的手掌,我舌尖用力一卷,"扑"的一声,一粒粒山楂核就像一粒粒小型子弹般,一个接一个飞射向父亲的手掌。父亲总是接住一粒就迅速闭上手掌,继而又迅疾地摊开手掌来接下一粒山楂核。我却咯咯咯笑着,假装"扑"的一声却不吐出,父亲也总是假装疑惑地发出一声"咦",把手掌翻来覆去,还佯作看看地上:"我闺女把核吐哪儿去了？"

这样的游戏和对话每天都在上演着，每次都逗得我乐不可支。对于童年的我来说，这无疑是最好的一种游戏和娱乐。每当这时，在一旁扫院子的母亲总是笑骂："瞧瞧你们俩，小孩没个小孩样，当爹的也没个当爹的样儿！"父亲就用手指轻轻刮一下我的鼻子，挤挤眼睛故意大声说："闺女和我亲，有人嫉妒啦！"我也急忙点点我的小脑袋，随声附和着："就是，就是！"母亲就举起手中的小扫帚，笑着要打我的屁股，我也虚张声势扯着父亲的褂子转圈圈。一时间父亲、母亲和我的笑声，装满了整个小院，还有一些笑声就索性跑到院外大门口前的山楂树上，一片片叶子和一枚枚果子也在风中簌簌作响。山楂树也在笑。

我知道，那棵山楂树，是父母爱情的见证。那个时候，没得吃没得穿，一贫如洗的父亲用憨厚和勤劳打动了当年美丽善良的母亲，母亲不顾家人的反对，铁了心跟着当时赤手空拳的父亲，心甘情愿从一穷二白开始，小鸟衔枝一样一枝一叶地筑巢，慢慢地拥有了一个贫寒但却温暖的小家。

父亲和母亲相亲相爱，依偎着度过了一个又一个物质贫瘠却又精神丰富的日子。春天，父亲和母亲走过抽出鹅黄枝叶的山楂树，撒播下一粒粒希望的种子，明媚灿烂着整个春天；夏天，母亲将头靠在父亲的肩头，两人一起向夜空的星星许下美丽的愿望，欢乐的笑声一阵一阵，萤火虫也飞过来凑一份热闹，精灵一般飞舞着，萤火虫发出的淡淡微光，正像父母亲心底深处的希望，摇曳出动人的轨迹；当丹桂飘香，山楂树结满了鲜艳的果子，风一吹，枚枚红果就从翠绿的枝叶间探头探脑。父亲扶着母亲，小心翼翼地在小院中散步，不时摘一颗红红的果子送到母亲的嘴边，甜蜜的笑容就刻在了母亲的嘴角，母亲腹中的我也在舒展手脚，不时打一套自创的健身操；碎琼乱玉的冬季，我响亮的啼哭打破了清冷的天空，父亲给母亲烧好了火炕，冒着热气的饭菜和皱着眉头响亮啼哭的我，让母亲满足和幸福的笑容映亮了窗外的白雪。窗外山楂树枝头的小鸟，抖抖头上的雪，鸣叫得正欢。而那远处，一枝娇俏俏的红梅正凌寒独开，一股盎然春意扑面而来。

让我手舞足蹈的日子,正是秋兰飘香、红衰翠减的时节。父亲领我来到山楂树下,母亲也找出一条条袋子,要收山楂了。父亲总是挑又红又大的山楂果,塞在我的口袋里。只一小会儿,我的口袋就塞得鼓鼓囊囊,我就蹦着跳着,跑这家蹦那家,给邻居送上红艳艳的山楂果,和乡里乡亲一起品尝丰收的果实,任那种酸酸甜甜的滋味在口腔里窜来窜去,一如蹦蹦跶跶的我。只知道幼小的心里,装满了酸酸甜甜的滋味和快快乐乐的笑声,整个村庄都弥漫着果实的芳香和开心的音符。那正是陶渊明笔下的"狗吠深巷中,鸡鸣桑树颠"的乡村气息,这安静、甜蜜的气息氤氲在父母亲的身边,父亲总是慈爱地看着我,母亲却扯起围裙的衣角,擦拭眼角喜悦的泪花。兜里揣着的红红的山楂果,好像把我的脸庞也映成了红彤彤的太阳。那时的我,每天都扬着冲天的羊角辫,哼着自编的歌儿快活地走在山坡上。不时随手扯一把青草,嚼一嚼,青草那清香的气息就甜遍了全身。那满眼满坡的绿啊,葱茏着我的视线。我时常想,长大了就做一棵挂满红灯笼的山楂树吧,那也许是一生中最美丽的一件事!

家门口的那棵山楂树,是父母忠贞不渝爱情的忠实见证,也是我和父母血浓于水亲情的最好诠释。一年一年花相似,岁岁年年人不同。风吹过了一年又一年,草绿过了一季又一季,当红红的果开始簌簌在绿绿的叶间,我知道,我又想家了,我又想念家中那冒着热气的农家饭菜和憨厚慈爱的父母双亲了!

依稀梦里,父亲打来了电话:"妮子,今年的山楂又红了!"我的梦里闪现了家中那棵山楂树枝叶婆娑的影子,那一颗颗泛着红、熟透了的山楂果一颗一颗晃悠悠地落下来,打在了我的心上。泪打湿了我的双眸,也打湿了我的梦!我清醒地知道,无论我走得多远,我永远也走不出父母亲那深情的视线!

因为那里,才是我永远的家。

唤醒心中的巨人

侯拥华

他是个极其不幸的人,出身贫寒,经历波折,整个童年和青少年时期,一直都过着颠沛流离的生活。

母亲和父亲在他很小的时候就离婚了,之后母亲带着他先后改嫁了三次,辗转了多个地方,过着漂泊不定的生活。母亲的每次离婚和再婚,都会迫使他从一个地方流落到另一个很远的地方生活。这样的经历,后来,让他极不情愿又无可奈何地先后拥有了四个爸爸。家庭的生活,从来都没有让他感到过安全、温暖与甜美。

少年时候的他,曾因为长得过快而苦恼。因为,许多时候刚刚合身的新衣服,转眼几个月就变小了(到了成年的时候,他拥有了1.98米的身高)。因为家里经济拮据,母亲总不能满足他成长的需求,穿不了合体的新衣服,他就只好将就地穿着他的"七分裤"上学和同伴玩耍。

贫寒的家境,先后拥有四个爸爸的独特经历,以及奇特的穿着,因此,常常成为他在校读书期间,同学们用来嘲笑的佐料。而这一切,是他无法躲避与忍耐的。

终于有一天,在学校遭到戏弄与嘲笑后的他,带着满腹愤怒与不解,回家质问母亲:"为什么我要穿'七分裤'?为什么我要有四个爸爸?为什么我的生活不能像其他孩子一样?!"母亲被他的话一下子问住了,之后,用同样愤怒的语气回应他:"如果你不满意这个家的话,那么,你就从这个家滚出去吧!"

本来,母亲只是一句气话,而他却当真了——他赌气离家出走,之后就

再也没有回来。他决定用自己的双手来养活自己,靠自己的努力闯荡出一片属于自己的天地。那一年他17岁,高中还没有毕业。

最初,他在街头摆地摊,出售一些廉价的日常用品勉强糊口。之后,他到一家餐厅里当服务员,后来又跑去跑推销……直到最后,他来到一家银行,做了名清洁工——负责清洗厕所——才拥有了一份较为稳定的工作,暂时安定下来。

在银行工作的时候,他穷困潦倒,所有的家当也只有一辆价值900美元的二手"金龟车"。就是这样一份令人鄙视的工作,他却格外珍惜。每天,他开着那辆破旧的二手车去上班,还要时时提心吊胆,总害怕半路抛锚砸了饭碗。他租不起房子,每天只能缩在车里过夜。而且,睡觉的时候,他还必须把那辆破车停靠在一家连锁店门口,才可以安然入睡。因为,这家商店门口是24小时免费停车——当时他连"昂贵"的停车费都支付不起。直到后来,他才勉强住在一个仅有10平方米的单身公寓里。

那段时间,是他人生最不堪回首的日子,失意、沮丧,内心痛苦不堪,整天浑浑噩噩度日。这样的日子简直是一种地狱般的煎熬,他一直期盼着有一天能够有所改观,他改变自己人生的欲望愈加强烈……

这一天终于让他等到了。26岁那年的一天,他的一个朋友跑来告诉他一个好消息——潜能激励大师吉米·罗恩要来讲学,有一个课程培训正在招收学员,问他有没有兴趣参加。他一下子就兴奋起来,因为他实在太想改变现状了。可惊喜之余,他还是被深深吓住了——那个课程的培训费用竟然需要1200美元。这对于一个当时全部资产只有900美元的穷人来说,简直太贵了!

经过一番内心痛苦的挣扎后,强烈改变自己人生的愿望最终战胜了失望与胆怯,巨大的决心,促使他决定举债完成这项看似不可能完成的学习。

此后,他开始一家一家拜访亲戚和朋友,想通过他们,借够自己的学费,可所有的亲戚和朋友都拒绝了他,后来他又一家银行一家银行找——跑贷

款,可跑了 44 家银行,竟然没有一家愿意贷钱给他——谁愿意冒这么大风险,把钱借给一个过了今天不知道明天怎么过活的穷光蛋呢? 正当他一筹莫展的时候,他所工作的那家银行经理听说了他的事情,被他的执着感动,自掏腰包,借给他了 1200 美元,他才得以顺利完成那次难得的学习。

他从没想到,那次培训,会是他人生的一个转折点。培训彻底改变了他之前的那些观念,让他惊奇地发现:每个人内心,都蕴藏着无限的潜能,都会成为一名充满自信的成功者。

从此,他开始踏上了自我成长的道路。

最初,他不断学习,曾追随理查德·班德勒研读 NLP(研究我们的大脑如何工作的学问),学习成功学理论和演讲艺术,很快成长为大师手下一名杰出的潜能训练师。

后来,他从中开发出一套独具个人魅力的课程,开始另立门户,独立帮助别人实现心灵的成长与人生的梦想。因为他卓有成效的培训效果,事业获得了空前的发展。他开始出版个人专著,四处演讲,迅速在美国各州与世界各国建立自己的分支训练机构。每年,有数百万人通过他和他的机构,获得有效的帮助。他还曾协助职业球队、企业总裁、名人富豪、国家元首激发潜能,帮助他们渡过各种困境与低潮。他深刻改变和影响了许多人的人生。

谁都不曾想到,当初那个穷困潦倒、一无是处的他,后来竟会获得如此巨大的成功。短短几年后,他结束了穷困潦倒的单身生活,建立了幸福的家庭,成为一名幸福的丈夫和父亲。他彻底告别了破旧的“金龟车”和 10 平方米大的单身公寓,买下了一个临太平洋的城堡,还拥有了私人直升机……他白手起家,建立了自己的庞大公司,后来积累下亿万个人财富。

他,就是当今世界最成功的潜能开发专家,曾被评为“美国十大杰出青年”“全球五大演说家”之一而享誉世界的成功学大师——安东尼·罗宾。

后来,他和别人谈及自己的成功,总是用自己的人生经历来教育别人:别人拥有的,你都可以暂时没有,但有一点你一定要有——那就是一颗永远追求成功的、快乐的、熊熊燃烧的强烈企图心——因为只有它,才能唤醒你心中的巨人。

　　原来,每个人心中都有一个巨人需要我们唤醒。而唤醒心中的巨人最好的办法,就是持久地保持一颗强烈的成功的企图心。

真诚是一种能力

朱 敏

在门口守了 N 多天之后,漂亮女孩被领进一间奢华的办公室,迎接她的是一个冷漠、居高临下的眼神。

"只给你两分钟,说吧!"

"我就不说为什么我需要你了,原因很明显。我来告诉你,为什么你需要我!"

"话说得很满,希望你有很棒的理由。"

"我漂亮,会唱歌,能写流行歌,有时一天能写两三首。我被亲吻过,这样就可以写二十首了;我恋爱过,二十二首;我心碎过,三十首;而且我是处女,做爱的题材就可以写八十首;我跟我母亲的关系很复杂,我不认识我的父亲,又是五十首;我觉得战争很烂,雨中的花很美,很难追寻梦想,但你一定得追,因为你可能会写出拯救某人生命的歌曲。我在那方面有一首很棒的歌,因为我正努力拯救我的人生,那么,我们可以合作吗?"

结局很明显,女孩胜利了。

这是歌后惠特尼·休斯顿时隔 16 年,主演的一部歌舞剧情片《闪耀的花火》中的一个片段。影片讲述情深意切的三姐妹从家乡教堂的唱诗班中脱颖而出,历尽千辛万苦,终于成为当时最流行的一支乐队的奋斗故事。上面这个桥段,是最具唱歌天赋的小妹妹 Sparkle 去应聘一家最大的唱片公司的经历。

Sparkle 虽然具有写歌、唱歌的卓越天赋,但因为母亲年轻时的不幸遭遇给她留下了巨大的心理阴影,导致她一直怯于面对自己的梦想。在 Sparkle

和两个姐姐在追逐梦想的过程中,她们经历了种种变故,Sparkle甚至和深爱的经纪人男友分手,最后,她终于鼓起勇气,勇敢地敲开了属于自己的那扇梦想之门。正如她面对反对她唱歌的母亲所说的那样:如果我不利用这样的天赋,上帝为什么要送给我?

Sparkle最终实现了梦想,这和她对梦想的执着和坚持分不开,但她去面试时,如果不是因为用真诚赢得了唱片公司的信任,那么,她可能还孤独地徘徊在梦想之门的外面。

如果天赋与才华是一种与众不同的能力,那么,真诚又何尝不是。面试、谈合同、做汇报,甚至相亲,我们看到的并不仅仅是外在的东西。当真诚如一股气息,由内而外地从你的身上散发出来,给面试官、领导及心仪的女孩一种亲切的、值得信赖的感觉,那么,还有什么赢不下来。

几年前考注册会计师,在某网校报名听课,讲财务管理的是一位博学睿智的老师。每天晚上坚持听课,这么多年过去,好多重要的知识点都忘了,唯独记得他说过的一句话:用真诚的简单应对虚伪的复杂。世界可以复杂,人际关系可以虚伪,但我们要始终保持真诚,对生活真诚,对家人朋友真诚,对梦想真诚,只有这样,我们才会活得心安理得,活得从容不迫。

真诚在某种程度上也是一种自救,上帝只救自救之人,当你事事时时保持真诚,你真实的心意才能被爱你的人懂得,他们才能赋予你想要的幸福与快乐。

享有"中国启智训练第一人"之美誉的李强,就曾在某企业演讲中提出"真诚是一种能力",有的人智力超群,有的人踏实能干,有的人察言观色,但不是所有人都具备真诚这种能力。当你直视一个人的眼睛,他的目光躲躲闪闪,他的话语要么唯唯诺诺,要么虚张声势,在他的身上,你根本看不到君子坦荡荡的胸怀。其实,他们也不想这样,但却不得不这样,归根结底,没有谁想当一个虚伪的人。

与其说真诚是人的一种本性,不如说真诚是一种与生俱来的能力。它要求我们在每件小事上真诚,对每一个人真诚,即使偶尔吃亏,也不失真诚

的本性。生活也是真诚的,它最终会平衡我们的付出与回报。

　　不要低估真诚的力量,也不要轻易地否定真诚,毕竟别人都不是傻子,你的好坏即便没有全部写在你的脸上,从你的话语和眼神里就能窥出一切。

　　真诚来自于清澈的眼神,真诚来自于坦诚的话语,真诚来自于坦荡荡的胸怀。当你勇于面对一切,当你无惧失败与拒绝,你就获得了一种真诚的力量。手持真诚这把宝剑,用天赋做剑鞘,用态度做剑穗,还有什么能抵挡你向梦想迈进的脚步。

　　努力让自己拥有真诚的能力吧,它会帮助你披荆斩棘,柳暗花明,会在你最绝望的时候帮你获得最明亮的一道曙光。

成功，就是抓住一次属于你的机遇

刘　敏

2008 年，湖南女孩张燕大学毕业后，抱着去沿海城市闯荡的念头，踏上了去深圳的火车。半个月折腾下来，她都没有找到让自己称心如意的工作，为了生存，她只得放低要求，最终在一家房地产公司站稳了脚步，过上了朝九晚五的日子。虽然收入也不错，但面临的压力实在太大，稍有不慎，便被领导批得体无完肤。

不久后，一个高中同学从广州赶来，参加一个俱乐部组织的相亲大会，光门票就交了 5000 元。听了张燕倾诉工作后的苦恼，同学笑道："其实，你也可以组织一个相亲大会，自己创业多好。"

同学的调侃，却点亮了张燕的灵感：如今，高节奏的生活所带来的压力，早就让很多年轻人忙于奔波，失去了寻找另一半的激情，虽然有各种形式的相亲会，但一则门票太贵，二则真正交流的时间也很少。如果能提供一个平台，把志同道合的人聚在一起，既能找到自己心仪的另一半，又能修身养性、陶冶情操，岂不是件一举两得的好事？

张燕把自己开店的想法和室友一说，立刻得到了她们的赞成。刘倩说："如果把目标定在都市里养宠物的单身男女身上，大家思想活跃，又极爱赶潮流，这生意准能好。"赵慧说："在郊区，我家有栋老房子在那，一直没人住，三层楼，有围墙，我觉得，可以好好利用起来，作为我们的大本营。"经过一番讨论后，三人一拍即合，决定辞职成立一家恋爱宠物营。

张燕将赵慧老家的房子简单装修了一下，在院子里安了几排凳子，铺上了草坪，焊接了一些专用的宠物笼子。又在火车站附近租下了一个 8 平方米

083

的门面,置办了一些基本办公设备后,挂出了"恋爱宠物营"的招牌。

为了扩大宣传效果,张燕印制了一批广告宣传单,在火车站、电影院、超市、居民小区的宣传栏张贴。经常上网的刘倩还在很多城市论坛上发帖。

消息发出后不久,店里的电话是一个接着一个。有咨询有没有宠物卖的,但更多的是问相亲大会什么时候召开。

见到大家这么期待,张燕和她的伙伴们开始紧锣密鼓地筹划起来。经过几番商议,"恋爱宠物营"第一次相亲 party,选择在 6 月的第一个周末,因为报名的人数太多,张燕最终选择了 20 人参加。然后通过电话,一一通知集合的时间和地点。

让张燕想不到的是,活动结束的第二天,前来咨询下一次相亲 party 召开时间和怎么购买宠物的人络绎不绝。对此,张燕特意请人编写了一本宠物购买及饲养指南,免费发放给前来咨询的客户。

初次创业,就这么顺利,张燕和室友们一商量,决定进一步扩大战果。

一日,一个叫小乐的姑娘走进了张燕的办公室。小乐在一家外企做人事工作,平常工作很忙,寂寞时就与宠物为伴,由于今年换了岗位,到分公司当经理,就更忙了,根本无暇照顾她的宠物。小乐说:"我找了很多家宠物托养所,不是条件太简陋,就是噪声太大。听说你们办的'恋爱宠物营'很有特色,你们能拓展托养业务吗? 只要能照顾好我的纯种德国狗,酬劳方面好商量。"张燕一听,乐了,这不就是自己事业拓展的机会吗?

不久后,张燕添置了一些漂亮的笼舍,购买了一些宠物的专用沐浴露、美容用具和一台立体空调,又重金聘请了一名宠物医生。针对不同宠物的生活习惯,她们采取不同的护理方案,有的宠物每天要散步,就安排员工按时出去溜达,比如有的宠物喜欢玩球,就扔给它几个皮球……

有一次,一个顾客前来托养宠物时,不无担心地说:"你们口口声声说,护理方案周全,可是我也看不到,叫我如何放心呢?"

顾客的担心不是没有道理,如何才能赢得大家的完全信任呢?张燕和两位搭档开始集思广益。有一天,张燕在上网时,突然灵机一动,现在网络

这么发达,为什么不建一个网站,让顾客们随时都能了解到自己宠物的情况呢。

说干就干,在几个计算机系毕业的同学的帮助下,一个加密网站很快就建起来了,这个网站的好处是,用户登录后,就能在自己的宠物页面看到宠物每天的生活和护理情况。

除此之外,张燕又在提高服务质量上下了一些功夫,比如她把宠物喂养和护理进行了流水化管理,有专门负责喂食的,有专门负责美容的,有专门负责摄像的,有专门做健康检查的,还有专门负责和顾客沟通、征求顾客意见的,这个点子被运用到实际操作中后,其效果立竿见影。

2009年底,张燕粗粗结算一下她们的经营收入情况。这一年,她们总共有4名员工,累计实现营业收入38万,减去房租、材料等成本,她们赚了将近30万元。

2010年3月,张燕已经在广州开了自己的第一家连锁店,不过,更让她开心的是,通过相亲party,她也成功找到了自己的真爱。

对于下一步的计划,张燕早就想好了,就是进一步扩大相亲的范围,除了继续做好相亲party外,她会把触觉伸向"宠物相亲"上,最终形成宠物托养、宠物相亲、主人相亲的一条龙服务。

当被问及创业成功的秘诀何在时,张燕这样说道:"人生中总有很多偶然,每次偶然也都是一次机遇,只要抓住其中一次机会,坚持不懈,就足以改变自己的命运。"

把时尚做成财富

王英

今年 25 岁的曾荃英是个活泼开朗,喜欢追求时尚的女孩。2008 年,从湖南师范大学毕业后,她来到了广州,凭着出色的表现,很快加盟了一家外资公司,做业务销售。工作之余,曾荃英最大的爱好,就是和天文爱好者相互切磋。

转眼到了 2009 年情人节,曾荃英去同在广州的姐姐曾莫英那里玩耍,正好遇到了姐姐的同事钟志龙。两人一见钟情,很快陷入了热恋之中。

有爱的日子,时间总会流逝得很快,7 月 22 日,即将迎来日全食,这可是 500 年难遇一次的机会。曾荃英和她的天文发烧友们,都在为之疯狂,他们约好一起在长沙集合,然后奔赴成都。

不久后,曾荃英向公司请假。但被拒绝了,曾荃英是又急又气,经过一夜思考,她决定辞职,和男友钟志龙一起踏上了 T14 列车。来到长沙后,曾荃英却病了,在床上躺了整整一周。从医院出来,曾荃英依然面色憔悴。男友钟志龙若有所思地说:"这样来回奔波也不是办法,为什么不弄一个俱乐部,足不出户就能观看到各地的天文奇观呢?"曾荃英先是愣了一下,继而一拍大腿:"对,就这么干。"

曾荃英打听到,在国内,北京和上海都有天文馆。很快,她带着男友来到了上海,一到上海,就扎进了天文馆。一个月后,曾荃英用男友家里资助的 5 万元钱,在广州火车站附近的一条巷子里开了自己第一家天文俱乐部。

广州开了家民间天文俱乐部的消息迅速传播开来,第一天开业,小店里就人满为患。因为消费不贵,又时髦,许多年轻人喜欢在下班后或者周末,

前来转转。考虑到南方很多人都没有看到完整的日全食过程,曾荃英动用了朋友的力量,她将朋友们传来的影像资料,找了家专业摄像馆,进行剪辑和整理,制作了一个完整的日全食视频,又在门口贴了一张 2009 年天文观测指南。

随着生意的火爆,顾客的来源更广泛了,既有上至 80 岁的老人,也有小到 3 岁的孩子,曾荃英特意准备了一本意见簿,悬挂在交流室的墙壁上,很快就有建议:能不能制作一些科普性的宣传小册子,给孩子阅读。顾客的建议引起了曾荃英的注意,她联系厂家,赶制了一批天文科普知识图册,低价卖给顾客。因为图册内容充实,且图文并茂,一问世,就受到了顾客的喜爱,很多家庭主妇带着儿子来参观,离开时仍不忘记带一本。有个中年妇女反映,自从孩子来了一次后,天天缠着母亲教她学图册上的文字,还信心百倍地表示,要好好读书,将来当一名科学家。

一本小小的读物,能起到这么好的激励作用,曾荃英自然百般高兴。短短 3 个月,曾荃英的账户里就有了 15 万元存款,去掉投资的 5 万,净赚10 万。

曾荃英的父亲听到女儿在广州开了家店,生意很火爆,也耐不住好奇,在曾荃英的陪同下,兴致勃勃地参观了一天,当看到晚上 10 点后,店里依然是人流如潮时,他不得不佩服女儿的经商头脑。看到父亲也认同了自己的事业,曾荃英不由得感慨,这个天文俱乐部,开对了。

曾荃英此时已经不满足仅靠参观和展览来积累财富了。在经过一段时间的深思熟虑后,"荃英创意工作室"成立了,工作室专门以设计各种各样的天文产品为主,比如"狮子座双星兔",小巧玲珑的情侣兔子上缀满流星雨的团案,令人爱不释手,"追日太阳帽"就是以 2010 年 1 月 15 日的日环食为背景图案,既时尚,又实用,粉红色的"双月映日"抱枕,由于采用高质量棉絮所做,让人抱着它睡觉,既前卫,又耐用……上百种与天文奇观有关的天文产品一下就迷住了所有进店的顾客,有顾客为了收齐 2009 年一整套天文产品,甚至还不惜向其他顾客高价购买。

对于 2010 年的日环食景观,曾荃英很早就拿出了自己的计划,她决心利用这次千载难逢的机会,组织一次大理追日行动,以弥补去年的遗憾。为了提高人气,活动还设置了三个奖项,最高奖项是一架价值万元的天文望远镜。曾荃英的追日计划一公布,立刻受到了天文迷的追捧,短短一周内,报名人数就达到了 1000 人。曾荃英最终挑选了 50 人组团去大理茶马古道开展科普旅游及观测活动。为了让其他天文爱好者能够欣赏到这一天象奇观,她把所有的视频资料同时传到俱乐部的电脑上,进行同步直播。

随着曾荃英的不断努力,她的俱乐部每天都精彩不断,每天都在快乐地成长。如今,她的俱乐部已经拥有员工 10 名,所创造的纯利润达到 40 万元。曾荃英兴奋地对男友说:"没想到,我这个比男孩子还野的女孩子竟然也能把天文爱好转变成生产力,而且竟然越做越大,我相信有一天,我的俱乐部能开遍中国的每一个城市,天文迷也将遍布大江南北。"

曾荃英的成功,告诉我们,时尚文化中也蕴含着巨大商机。如今,人们的生活越来越富裕,在经济宽裕后,人们更多的是追求精神上的享受,而曾荃英正是利用 2009 年这一天文奇观年为契机,巧妙地推出了天文俱乐部,恰好满足了都市人好奇的心态,再加上头脑灵活,服务热情,讲究诚信,因而她的成功也就是必然的了。如果谁能从时尚文化中像曾荃英那样找到商机,同样也能改变自己的命运。

尼埃尔·谢赫特曼：把嘲笑当成功的肥料

王国民

近日，瑞典皇家科学院发布的一则有关尼埃尔·谢赫特曼的公告，震撼和激励了全球数以万计的民众。他曾于1982年发现准晶体，但却不幸地被斥为"胡言乱语""伪科学家"，受尽了各种嘲笑和屈辱，最后被迫离开。但他从没放弃，默默地坚持着，最终成功问鼎2011年度诺贝尔化学奖。

一、曾在实验室里险些丧命

谢赫特曼1941年出生于以色列特拉维夫的一个乡村，父母都是老实巴交的农民。因为家境贫困，谢赫特曼不得不到处打工凑学费。7岁时，他来到了特拉维夫一所学校的化验室里打扫卫生，耳濡目染之下，他总是带着怀疑的目光审视这个世界，一些刁钻的问题，让老师也难以接受，于是，罚他跑步，抄作业，打扫教室，便成了家常便饭。看着自己一次次被罚，谢赫特曼并没有有所收敛，他对知识的追求越来越痴狂。

16岁那年，他主动帮老师承担了一个化学课题，结果在实验室配试剂的时候发生了爆炸。滚滚浓烟之后，一脸惊慌的谢赫特曼才狼狈地跑了出来，他的双臂一片殷红，衣服也变得支离破碎。他在回忆中说："那次爆炸，差点就要了自己的性命，但我不后悔。"

二、18岁与命运抗争

因为人际关系不好，谢赫特曼在家乡很不受欢迎，郁郁不得志后，谢赫

特曼离开了特拉维夫，来到了以色列工学院就读，他在离开前发誓：一定要改变自己的命运，让那些嘲笑和鄙视自己的人感到后悔。谢赫特曼说："当时我背着一个简陋的皮包，穿着件打补丁的衣服站在工学院门口，门卫都差点不放我进去，那情景我一直都难以忘记。"

为了改变自己的命运，谢赫特曼努力地学习着，他给自己制订了一份学习计划，除了专业课外，他还坚持去听其他老师的课程，还得挤时间打工赚取生活费。虽然学习又苦又累，谢赫特曼却咬牙坚持着。正是这份毅力和执着，年仅31岁的他获得博士学位并留校任教，也拥有了"天才化学家"的称号。

在学校的推荐下，谢赫特曼来到美国霍普金斯大学从事研究工作。

从18岁开始，他就明白，无论如何，人不能向现实低头，唯有坚持主见，才能改变自己的命运。

三、有朝一日，时间可以证明我是对的

1982年，谢赫特曼发现了准晶体，他兴致勃勃地向所有人公布他的发现，却招来了一片质疑。谢赫特曼回忆说："当我告诉人们，我发现了准晶体的时候，所有人都嘲笑我。"但谢赫特曼的反驳并没有起到任何作用。"我被赶出了自己所在的研究团队，同事们说我的研究让他们蒙羞。"谢赫特曼说，"对此，我并不在意，我深信自己是对的，他们是错的。"

为了这份坚持，谢赫特曼不得不回到以色列，但照样受到无数的嘲弄，甚至有人指着他的鼻子大骂他是疯子，他始终不放弃一丝一毫的希望去寻求支持，终于得到一个叫亚瑟的朋友帮助，历经两年的时间，才将论文刊发。但论文随之又被化学界人士说成是一派胡言，一些权威人士还站出来公开质疑。著名化学家、两届诺贝尔奖得主鲍林揶揄地说："他是在胡言乱语，没有什么准晶体，只有'准科学家'。"

一些学校的老师甚至以他的这篇论文为例，教育学生不要不学无术，不

要胡思乱想，要尊重"常识"，才不会闹笑话。

但他不在乎，决心一条路走到黑，更专注地研究"准晶体"。他的执着打动了一些科学家，他们开始重新思考他的发现。最终，人们才确认"准晶体"不仅存在，而且是一种硬度高且兼具弹性的材料。

曾经受尽人嘲笑和怒骂的男孩，如今终于站在了诺贝尔化学奖的领奖台上，他的执着、坚强、隐忍和不断进取之心更强烈鼓舞了成千上万的人们，谢赫特曼说，自己不想让一些所谓"终极真理"误导了人们，他想告诉人们，自己的主见，如果知道是正确的，就一定要坚持下去，不要放弃。

从谢赫特曼身上，人们看到了他克服嘲笑和排挤的勇气，以及面对自我选择的恒心和毅力。他的故事是如此感人和振奋人心。美国化学协会主席纳西·杰克逊说："谢赫特曼的价值，就在于他遵从了自己心灵中最真实的感受，坚信自己的专业水准。在世人皆不认可的情况下，坚守了自己的主见。"美国时代周刊也撰文评价说："这是真正催人励志的故事，谢赫特曼用他一生的经历告诉我们，人一生难免要遭受误解甚至嘲笑，把嘲笑当压力，就可能选择屈服和退让，把嘲笑当肥料，并坚持到最后，方乃成功之道。"

魏书生老师扔出的重磅"炸弹"

李建珍

20 年多前，魏书生老师的大名就已如雷贯耳，可惜无缘相见。前几天，他受邀来给福州的老师们开设讲座，能亲耳聆听他讲话，我深感荣幸。

因为工作的缘故，这些年来，听过数不清的专家讲座，从教育系统的各级领导，到教育研究机构专家，金牌企培师，各大学的硕导、博导，海归学者，美国教育专家，500 强企业的地区领导，著名 IT 企业的高管，台湾著名学者专家……他们博学卓见，风格迥异。

魏书生老师往台上一站，活脱脱一个东北黑土地出来的老实巴交的农民模样，还是只用单脚前脚掌站立的农民（他的名言：能单脚站就绝不用双脚，能用前脚掌站就绝不用整个脚掌），但他一开口，便推翻了我对"专家"的刻板印象——原来，真正的专家是离开电脑，离开提纲，离开 PPT 也能活，还能活得超凡脱俗，活得令人惊叹。

且不谈他的传奇人生、光辉事迹，也不说他超越郭德纲、周立波的语言艺术，单只说说他的教育观，就足以令无数专家、领导汗颜。

当大家被各种各样新教育理念支使得团团转，以为没有创新就没有出路的时候，魏书生老师开口的第一句话是："我没有新东西，没有新思维，就是守住常识，不动摇，不懈怠，不折腾。"然而，他却是将所有教育问题想得最明白，最敢说真话，内容最吸引人，效果最轰动的一个人。

他拒绝高调的"讲座"，改为亲切的"谈心"；他摒弃电子产品，而将传统的相声、小品、快板糅合进"谈心"。在"谈心"中，他"引爆"了多枚炸向当今最新潮的教育理念的"炸弹"。每"引爆"一枚，会场就响起发自内心的雷鸣般的掌声。

不要创新。这绝对是一枚重磅"炸弹",当我们的课堂已经被多媒体绑架,被又唱又跳,欢乐无比,堪与电视台综艺节目媲美的所谓综合实践活动课绑架的时候,最优秀的教育改革家竟称"不要创新",实在令人称奇。而他不创新的结果是他的所有学生在文化知识、生活能力,以及思想品德方面都得到自我教育,自我发展。

不要反思。这是另一枚"炸弹",当所有教育的领导者迫切要求老师们每课必须反思的时候,当不少教育专家认为:集体评课、反思,就是要将开课的老师批得体无完肤的时候,当我们自己被"反思"得没有任何教育乐趣的时候,当"懂反思才能成为名师"的教育观念甚嚣尘上的时候,他发出了不同音:不要反思,要"正思",上完一节课,要写出这节课的快乐和长处在哪里。

也许,唯其如此,才能让每个老师感受到教学工作的乐趣,才能爱上这份工作,才能做幸福人,并言传身教地传授给学生吧。

不要折腾。这是他扔向教育领导者的又一枚"炸弹"。他曾是中国唯一一位同时担任中学班主任、中学语文教师的市级教育局局长。他做教育局局长的原则是对老师们少折腾,多帮忙,把教育工作做细做深。他认为教育成功要守住传统常识,守住新中国经验,守住自己的长处。

确实如此,传统的常识来不及宣传,新中国成立后诸多的先进教育经验来不及发扬,自己的教育长处来不及总结,每天蝇营狗苟地将有限的时间投入到无限的学习各国的教育理念中去,结果是每年数个教育新理念过眼,个个都成云烟。外来的没学好,自己的也没守住,浪费了大家的时间,教育效果令人不满,饱受诟病。

他在任盘锦市教育局长的 13 年里,最引为自豪的是:不统考,不公布升学率,老百姓不缴一分钱的择校费。不折腾的最直接成果是盘锦市的高考考取北大清华的人数排名逐年上升,升到除北京外的全国市级第一。

练"松静匀乐"四字功。这是他送给所有听讲者的最好礼物。不吃请,不请吃,身体松,心灵静,呼吸匀,情绪乐,少占国家资源,降低生活成本,提

高生活质量。

　　说的都是最基本的常识,但愿听者有收获,并实际运用,做最幸福的教育者。

有一种温暖你看不见

朱　敏

那只小火炉一直温暖地燃烧在我的心中。

那年，我不小心摔断了腿，伤筋动骨一百天，四十五天拆掉石膏，我顾不得腿疼，执意带着一岁八个月的女儿上了去西安的火车，看望在那里蜗居的妹妹。

那时她刚大学毕业，在西安南郊的沙井村租了一间很小的房子，在三楼。从栏杆上望下去，小小的院落，四四方方的，二楼以上，全是一间一间出租的小客房，直到五楼，抬头，天空露出灰蓝色的一角，总是阴沉沉的。

这是我第二次来西安，每天行走在沙井村的街头小巷里，感觉还以为回到了故乡。故乡的小街巷也是这般热闹，人来人往，熙熙攘攘，车水马龙。妹妹的房子进门是一个小沙发，里面是一张双人床，床边是桌子，再里面就是一个隔开的小厨房，后面是卫生间。听说比别的房子房租贵了近一百块钱，我嫌她浪费，她嘟着个嘴，说：我就怕你们来了，公用厕所用不习惯。

那时的我仅仅比她早毕业两年，顺利地参加工作，水到渠成地结婚，根本没有在异乡漂泊的经历，所以也很难体会她说的"公用厕所用不习惯"的深刻含义。这是她新换的房子，之前那个是单间，什么也没有，当我听说她要换房子时，我很气恼，觉得她不懂事，怕吃苦，乱花钱。面对我的责怪，她只笑笑，什么也没说。

我们每天并不在家开火，都在沙井村街道上的小饭馆吃，很便宜，一盘小葱拌豆腐三块，一盘鱼香肉丝十二块，两碗米饭，一盆汤，我们三个可以吃得很饱。妹妹刚上班，每天忙忙碌碌的，我就带着女儿闲逛，去钟楼、去海洋

馆、去电子商城附近的人人乐超市。其实也不是我爱逛,大冬天的,再加上我的腿伤并没有全好,我应该少走路才对。只是,那个小小的出租屋,太冷了,像地下冰窖,比外面还冷。我宁愿走在街上感受一些太阳的温暖,也无法蜷缩在家里,冷得浑身发抖。

那天,我刚进门,就看见屋里有什么不对,仔细打量,原来她买了一个小蜂窝煤炉子放在地中间,旁边纸箱里整整齐齐地摞着一些蜂窝煤。炉子已经架好了,炉膛里正燃烧着三块火红的煤球。这种炉子散热并不好,但看着那些红红的火焰,似乎就没那么冷了,就在那一刻,我感觉有什么东西,正暖暖地从心底升起。

一整个晚上,我都听见妹妹不停地起床,照顾炉子。听得出,她在尽量克制自己发出响动,但那些窸窸窣窣的脚步声,掀起炉盖时不小心弄响的哐当声,都让我从睡梦中惊醒。那一刻,我以为是母亲,像小时候的冬天那样,半夜到我们屋里收拾炉子,为我们捅红了火,让我们在黎明时分不觉得冷。

妹妹老小,在家时一直被母亲宠着,什么也不做,几年时光,她竟然变得如此利索,在西安沙井村这个小小的城中村里,开始了人生旅程的崭新一段。我住了近一个星期才回去,许多年过去,有一次我们又提起沙井村,她给我说了以下的一段话:你来沙井村的时候,正是我最穷的时候,怕你冷,我问同学借钱买了一个小炉子,又问房东赊了一些蜂窝煤。你走了,我再没舍得用过一块。

听了这话,我的眼泪忍不住地涌上眼眶,那时我不知道她的具体情况,每天吃饭、坐车、买东西都是我付账,只是没想到,那个小火炉,会让她那么窘迫。她却并不在意,说你的腿刚好,怕再冻出病来。我一时无语,生活总是在以各种方式纠正我们的错误,之前我一直觉得妹妹娇生惯养,喜欢比吃比穿,没有担当,不懂体谅母亲的苦心,但是这件事却让我看到了她的另一面,懂事,隐忍,坚强。之后的她,更让我刮目相看,她通过自己的努力为自己赢得了财富,买了属于自己的房子,带母亲游玩,给家里置换了新的家电。

如今,我也到了西安,偶尔路过沙井村,就不由得想起那年我来西安的情景,街道似乎还是老样子,依旧人来人往,熙熙攘攘。妹妹早已结婚,搬进了她家的新楼房,冬天再也不用挨冻受冷。只是,无论阴晴,只要到了冬天,我的心里就会燃烧着一个小火炉,暖暖的,亮亮的,永不会熄灭。

第四辑

善良做芯，爱心当罩

父亲认真对待每一个灯笼，从不糊弄别人，一丝不苟地编制着手中的灯笼，他虔诚地认为，每个灯笼都是有灵魂的，只有认认真真地编制，每尺每寸都一丝不苟地完成，让每根竹条都规规矩矩，恰到好处地排好队，站好岗，灵魂才能在灯笼的身体里待得安稳。

粗心的牛贵贵

英涛

牛贵贵是不是世界上最好的男人我不知道，但我知道他是世界上最爱我的那个人。

也记不清是几岁的时候，我一时好玩，冲他叫着他的大名："牛贵贵！""唉！"他竟然也大声地应了一声，然后还过来抱住我，用他那满是刺人的胡碴儿的嘴在我的小脸蛋上使劲啃了几口，乐呵呵地说，"多年父子成兄弟，喊吧，喊吧，这样亲！"于是，我就不顾娘的呵斥，开始大大咧咧一口一个"牛贵贵"地喊他了。

牛贵贵有个最大的毛病，就是粗心。冬天穿毛衣能把前心穿到后背，夏天拍蚊子能忘了蚊子停在刀尖。他常干的马虎事就是忘了吃饭。也不知道他从哪里学了一门野木匠的手艺，虽然不能雕梁画栋，但给平常庄稼人家箍个水桶、脚盆，打一条板凳，还是绰绰有余。虽然那个年代，大家的日子都不富余，但东家总会蒸些白面馒头招待他。可是经常他一回家来，看见正在玩沙子的我，就会拍拍脑袋，"哎呀，早晌的馒头忘了吃了，冷了，我这胃不能吃了。来，小虎，你拿去吃"。我听娘说过他在做副业时经常在山里挨饿，把胃饿坏了，不能吃生冷的东西。

随着牛贵贵年纪越来越大，他的粗心好像越来越严重。那一年我已经到镇上读中学了。有一天，牛贵贵和我娘一起到邻村干活，中午回家的时候，发现钥匙忘记带了。娘身上也没带钥匙。大门都进不了。娘说，只有把锁撬开了。牛贵贵望着大门上挂着的那把"铁将军"，皱了一下眉头，咕哝着："好歹也几块钱呢。"说着，他竟转身跟邻居借了一辆自行车，骑了四十分

钟,到镇中学来找我。下午第一节课的预备铃声响了,我急忙把身上那串钥匙给他,他接过去后又匆匆离去。已经是十二月的天气,天黑乎乎的,阴风呼号。他吭哧吭哧终于把那辆破自行车骑到家里,一见娘,又一拍脑袋:"完了,我又做了一个蠢事。没让小虎把他的自行车钥匙拿下来。"娘说,算了,反正离星期六还有几天,他也不马上回来,你来回这一趟够累了,明天再给他送回去吧。"不行,"牛贵贵翻身又上了自行车,"万一小虎忽然想到钥匙被我带走了,万一他在上课的时候就在担心他怎么回来,他就心慌慌的,他的课还怎么上得下去?"

等我见到他来送钥匙,正好是最后一节课下课。头发灰白、背驼的他一个人孤零零地在大操场上站着,不停地跺着脚,驱赶寒冷。后来娘说,他赶来的时候正赶上我们刚上课,他怕影响老师和同学,就等着我们下课。冷了想跺脚活动活动,暖和一下,又怕吵到我们,就走得远远的。他就这样一直在寒风中等了我 45 分钟,不停地咳嗽,脸冻得发红,嘴唇发白。而我一看到他来了又去,去了又来,有些哭笑不得。我说:"牛贵贵,你怎么这么粗心?下次出去不要再忘记带钥匙了,不然同学都要笑话我有个这么粗心的爹。"而他只是憨憨地一笑,说:"我下次注意。你放心,永远都不会有人笑话你的,你一定比我强,你一定不会像我的。"

牛贵贵说得没错,我比他强。我真的成了村子里第一个考上大学的人,并且有了一份好工作,娶了一个好媳妇儿。于是,我回家的次数越来越少,少到一听说我回家,牛贵贵就会像过年似的高兴。

今年过年因为没有别的安排,我终于决定回老家,早早地在腊月十八就打电话通知了娘和牛贵贵。可是等我回到家,见到的却是一个成天傻笑,或者自言自语,或者满地打滚,甚至到处大小便的牛贵贵。原来,从知道我要回家的消息后,牛贵贵就趁着腊月二十,镇上赶集的日子去采购东西准备迎接我的归来。就在他坐着邻居的拖拉机回去的时候,突然看到镇子街道的一头有卖菠萝的,他大叫"停下",然后还没等拖拉机停稳,粗心的他就跳了下来,结果一跤摔倒在地,等抢救过来,就变得呆呆傻傻的了。

听了这事，我愣在地上，因为，只有牛贵贵知道，我最爱吃菠萝。我从不敢让娘知道，娘要打我的。还是七岁那年，村里的彬子的叔叔从部队回来探亲时从南方带来了一个大菠萝，彬子左手一片右手一片地抓着菠萝片，得意地在我面前炫耀。听到他"咯吱，咯吱"地咬着那片白白的果肉，闻着从他手上散发出来的那种好闻的香气，我的口水流了下来，眼巴巴地问他："给我一丝丝？"彬子却只是不屑地朝我"哼"了一下，又继续夸张地嚼着，却半天都没有嚼下一小口。这个时候牛贵贵来了。我喊："牛贵贵，我要吃菠萝！"牛贵贵为难地说他没有。我一时委屈上来，就倒在地上，用脚使劲踢着土，疯子似的喊着："我不管，我就要！我就要！"牛贵贵脸色大变，想拉我，却不知我哪里来得那么大的蛮劲，他怎么也拉不起来。最后，他无奈地转身，竟弓背哈腰地对彬子讨好地恳求："彬子，分一小小块让小虎尝一下好不好？叔给你做个蝈蝈笼子……"彬子看看笑得谄媚的他，又看看在地上赖死的我，终于点头。当我终于尝到了菠萝的鲜美，我不禁由衷地感叹："真甜！真好吃！"想不到，一听到我的话，牛贵贵竟然掉下泪来，他咬了一下牙，声音有点颤抖地说："小虎，都怪爹没用。以后等我有钱了，我一定给你买很多菠萝吃。"现在，他终于有钱买菠萝了，可是菠萝没有买到，他却变傻了。我打着自己的脑袋，宁愿自己从来就没有喜欢过吃菠萝。

可是一切都无法挽回了。牛贵贵变傻后啥都不记得了，只记得他的小虎。有时候他在地上撒泼，一群小孩子围着他看热闹，急得抹眼泪的娘就会大喝一声："再闹，小虎就不要你了！"他就会神奇地从地上站起来，一脸羞赧地跟在娘背后，乖乖地去洗手。

我回来的那天，娘在姑姑的帮忙下，操办了一桌酒席，宴请亲友，为我接风。牛贵贵不耐烦坐着吃饭，在席间走来走去。有时候见人就讨好地笑着，讨一个馒头，然后神秘兮兮地藏到口袋里，再偷偷溜回屋里去。等到客人都散去，我准备洗脸的时候，牛贵贵忽然轻手轻脚地闪到我面前，拉着我的袖子，让我去他屋里。一进他的屋，我一看，天哪！炕上一堆雪白的馒头。"小虎，小虎，快来。"他有些口吃地说，"我，我今天又忘了吃早饭了，我不能吃冷

103

的,会胃疼,这馒头给你吃,吃……"

啊,这个粗心的牛贵贵,他怎么能傻了,他怎么能把一切都忘了,还当我是小孩?这个粗心的牛贵贵啊,难道他真的像姑姑说的,他粗心到不知道我是不是他的孩子?当年,他订了娃娃亲的那个女人——就是我的娘,抗拒这门包办的婚事,可是她喜欢的那个下乡干部却违背了誓言,回去娶了城里姑娘,伤心的娘嫁给牛贵贵才五个月就生下了我。所有人都说我长得像那个下乡干部,可是牛贵贵却始终坚称我是他的儿子,是娘早产生下来的。因为娘生我时大出血差点送了命,牛贵贵就死也不再让娘生孩子了。牛贵贵啊,你现在傻了,怎么还以为我是你儿子?

我觉得喉咙里有个东西堵着,半天没有说话。牛贵贵急了,抓住我的手,另一只手把馒头塞到我手上:"吃,吃,小虎吃了才好长大,长大了生个孩子,生个孩子当爹……"

看着这些馒头,我的眼泪不听话地流了下来。

盖在碗里的爱

英 涛

结婚几年了，我一直和老公过着简单轻松的二人世界。哪怕是去年公公过世后，留下婆婆一个人在乡下，我也还是没同意把婆婆接过来一起生活。不是我不想孝顺她，而是总觉得她看我不顺眼，怕生活在一起互相生气。想起第一次跟老公去见未来公婆时，我现在心里还不是滋味。那天婆婆表面对我客客气气，可是在我出去上厕所回来时，却无意中听见她对老公说："宝宝，我说你和她不合适就是不合适，你怎么就是不听呢？你看她白白嫩嫩，一副大小姐的样子，什么事也不会做，将来够你苦头吃的！"但老公还是没听她的，我们还是结婚了。

不过婆婆说的也并没有错，我确实什么也不会做，结婚以前厨房从来都不进，婆婆也从来不让我进，说怕洗坏了我的嫩手。结婚以后，我迫不得已学会了做饭，但也总是以简单省事为目标，我们家的饭碗，不会超过三个，盘子不会超过三只，汤盆也不会超过三个，每餐的饭菜也不会超过两菜一汤。老公有时候受不了了，就拉我去下馆子。

好友丽丽看见我们下馆子就会唠叨我，说什么家里的饭菜才卫生可口啊，老在外面吃不好啊。那天她又在感叹时，我顶了她一句："家里的饭菜好，那你来我家帮我做啊！"她愣了一下，朝我翻了一下白眼："我要是会做就不用老是回娘家了。哎呀，我妈做的饭那才叫香啊！每次一回家，就能看到一桌的菜都用碗盘扣过来盖住，等我们一进家，我妈就把碗掀开来，那菜就热气腾腾、香喷喷的……"

看丽丽流口水做陶醉状，我忍不住也感叹起来，还是自己的亲妈好啊。

可惜我爸妈远在千里之外的老家,婆婆是离得近,可是婆婆哪能比得上亲娘呢?"就是就是,婆婆再好也比不上亲妈。"丽丽忙不迭地附和。

转眼到腊月了,正在出差的老公打电话叫我到婆婆家把婆婆做好的腊肉、香肠带回来,他可能要快过年才能回家,怕到时候来不及拿。回乡下前,我已经电话通知了婆婆。一进婆婆家门,我就下意识地看了一下她的饭桌,果然,做好的菜就那样敞着,我的心莫名地失落。吃饭的时候,我也就吃不出什么滋味了。

吃完饭,我就要走。可是一提起那几大袋沉甸甸的腊味,我忽然想起不知该怎么烹制,于是,从来不进婆婆家厨房的我,走进了婆婆的厨房。我刚要开口问,却看见洗碗池里堆着一大堆的碗盘。"刚才我们没吃那么多菜啊,怎么这么多碗?"我的话脱口而出。"盖菜用的啊。"婆婆也随口答道。"那怎么我从来没有看见过呢?"婆婆笑了,额头上的皱纹很深:"每次我做好饭,用碗盖好后,就到门口看你们到了没有,看到你们到了,我就马上回来拿掉碗,你们就可以很快吃上热乎饭啊。宝宝说过的,你胃不好,更不能让你吃冷的饭菜了……"

我顿时愣住了。原来,婆婆也有妈妈一样的爱,只是婆婆的爱,我们都看不见。

回去后,我利用双休日的时间,迅速把家里堆杂物的房间收拾了出来。当老公回到家,看到我收拾得这么干净,还有厨房里新买的一大堆碗盘时,百思不得其解。直到我满头大汗地第一次做了一桌子的菜,每做好一道菜就咋咋呼呼地叫他帮忙拿一个碗盖住,他还是丈二和尚摸不着头脑。

终于,我丢下饭桌上的成果,扔掉围裙,下楼去把早早就被我赶到楼下和门房的王老太太唠嗑的婆婆接了上来,扶她坐到了饭桌前,老公看得眼珠子都快掉了出来。

婆婆乐呵呵地看着我们。我很得意地向老公宣布,我把婆婆接过来一起住了。然后,我小心地、一个一个地掀去了盖在菜上的碗。桌上的菜一下子就腾起了热气,老公的眼睛好像被热气熏得雾蒙蒙的,只会眨巴眨巴地望着我,张口结舌的样子。最后,他终于说出话来了:"这个,盖菜的方法很好啊。"我"扑哧"一笑,说:"是啊,碗和碗相亲相爱,这菜就热气腾腾嘛。"

"一家人相亲相爱,这日子就一团和气哦。"婆婆突然接过话来说。听得我们哈哈大笑。

的确,婆婆和媳妇并不是天生的冤家,如果我们都是一只碗,只要我们能敞开自己的胸怀,面对面,心对心地相对,媳妇和婆婆的感情,也会是热乎乎的。

荒凉的土地也会开满鲜花

张颖昇

　　爷爷是个园艺师，在市内的一家规模很大的国营苗圃干了一辈子。前年退休后，他谢绝了一些民营苗圃的高薪聘请，和同样已经退休的奶奶一起回到乡下的老家安享晚年。

　　回到老家后，爷爷清闲了一阵子后，逐渐感觉生活特别空虚，侍弄一辈子花草的爷爷决定自己弄个花圃，让晚年生活充实丰富一些。

　　经历过饥荒年代的爷爷知道庄稼地的重要，所以，他没有租用同村村民的农耕地。他看中了离村两公里远的一片荒地。

　　这块荒地以前是一片荒湖，20多年前，湖水干枯了，就成了荒地。这里地势很低，一到夏季，就会蓄满雨水，成为浅滩，雨季过后，又会很快干枯，多年来，一直闲着，没有人耕种。

　　听说爷爷看中了这块地，村里人都劝他："就那块地，荒了几十年了，根本就没有人想过利用它。你年龄这么大了，就别去折腾了，一块荒地，也弄不出什么花样，让它继续闲着吧。"

　　爷爷听了哈哈大笑："你们说那是什么也长不出的荒地，是吧？那好，我要让这块荒地开满鲜花。"

　　爷爷说干就干，因为这块地离村里比较远，爷爷回家有些不方便，于是，他找来工人，在那块荒地边搭建了两间简易房，另外，打了水井，修了一条灌溉渠，还修了一条排水渠，以供雨季的时候向外排水。爷爷还买了锄草机等设备。

　　一年后，经过爷爷的辛苦劳作，这块3亩多的荒地上果然繁花似锦，开满

了各种鲜花,其中种植最多的是玫瑰。城里的花店老板听说我爷爷开了个苗圃,都争相前来采购。爷爷的花圃稳稳地挣了一笔,充实生活的同时还能盈利,于是,爷爷的干劲更大了,觉得自己晚年生活很丰富很充实很有奔头,他和奶奶生活得很舒心……

我在城里开发区的写字楼里上班,不知道为什么,每天都感觉很累,每天看到一张张面无表情的脸,我就烦。

每天早晨去上班,不管是小区开电梯的大姐,还是楼道口执勤的保安,不管是大厅内的物业值班人员,还是保洁人员,都是一张面无表情的脸。到了单位,同事的表情也是淡淡的。这样的淡漠让我内心很受压力,这不是用冷脸向我示威吗? 我还怕你? 于是,我也就用冰冷的表情捍卫着自己的自尊。越是这样每天绷着脸,越是能看到更多的冷脸,我更加郁闷。

听说爷爷的花圃经营得非常好,周末的时候,我就到了乡下爷爷那里赏花散心。午饭时,爷爷见我愁眉不展,说话也漫不经心的,就问我有什么心事,我就把职场的压力、人与人之间的关系的淡漠倾诉了出来。爷爷听了哈哈大笑:"傻孙女啊,你老是说别人绷着冷脸啦,面无表情啦,你自己呢? 我觉得你自己每天就是那个啥啦? 对,不是有个时髦的词,叫冷艳吗? 我觉得你就是冷艳,整天绷着脸装冷艳!"冷艳? 爷爷说话这么逗! 我禁不住哈哈大笑起来,爷爷自己也乐,乐过后,他指着窗外开满鲜花的苗圃:"你看看这,现在生机盎然繁花似锦的,外人有谁能想到一年前这里还是块荒凉的土地? 怎么变成这样的? 不还是爷爷精心经营的嘛,如果不精心经营,哪能变成现在这般漂亮啊。与人相处也是如此,你不肯付出你的微笑、你的热情,那你只能收获冷漠。每天看到的都是一张张冷漠的脸,自己心里当然憋屈啦,如果想改变这种状况,首先要改变自己,你一定要记住爷爷的话,只要用心经营,只要肯付出自己的热情,荒凉的土地也会开出鲜花……"

爷爷的话让我茅塞顿开。

从此,我每天进出小区的时候,我都会主动热情地和电梯大姐、保安、保洁员打招呼,没有多久,他们一见到我都笑脸相迎,开始主动和我打招呼了,特别是开电梯的大姐,每天我乘坐电梯的时候,她总会笑眯眯地和我聊几句天。

在单位,每天早晨上班,我总会主动和同事打招呼。以前,我与单位的同事不怎么来往,上班独自来下班独自走,弄得像个孤独侠女一般。现在,很多女同事开始邀请我下班后去健身或者周末逛街,男同事开始与我开一些不伤大雅的玩笑了,我一下子觉得单位的气氛温馨了很多,以前在单位绷紧的神经开始放松了下来,感觉自己过得很轻松、很快乐……

昨天,我接到一个大学同学的电话,说她近期特别烦闷,因为周围的人一个个脸绷得像男人剃胡子那样,又不欠他们的钱,他们为什么把面部表情整成那样?她心里特别不爽。看来患有城市冷漠症的人不止我一个啊!我爽快地答应了这个周末和她见面的要求。

我已经想好了,见了面后,我一定要把爷爷对我的教诲说给她听,我要告诉她:只要付出热情、付出努力,荒凉的土地上也会开满鲜花……

等待一条鱼

第一次见面在饭桌上。哪些人，说了些什么话，为什么事，都不记得了。只记得，钟小江坐林小衫身边，给她夹了一碟子菜，有羊肉泡馍、咸鸭笋干……钟小江把夹好菜的碟子往林小衫面前推推，笑笑，眼神里是请她吃的意思。

林小衫惊得捂住了嘴，说：呀！我不吃荤的！羊肉不吃，牛肉不吃，鸭啊、鹅啊都不吃……

那你吃什么？钟小江侧着头看着林小衫小巧而细挺的鼻梁问。

吃蔬菜，绿色的蔬菜，小青菜、苋菜、空心菜……林小衫倒豆子一样，下巴底下的小白碟子里，似乎被她倒了一碟子的绿色。"哦，还有鱼，最爱吃，我在等着鱼上桌。"林小衫忽然补这么一句。

钟小江扑哧笑起来，半举着筷子，手腕支在桌沿边，说：有点无情的偏心哦，为什么不放过一条鱼呢？

放过？为什么？林小衫疑惑地问，睁大眼睛，长长的睫毛百叶窗似的被提起来。

钟小江说：我好像赶了一群畜生，路过你家门前，你举着刀叉，羊没要，牛没要，鸡、鸭、鹅也晃着身子拍着胸口欢喜地过去了，本以为你善心，都会放它们过关卡，没想到，唯独拦下一条鱼。瞧这一条鱼心里多委屈！说着，钟小江把最后上桌的鱼夹了一条放在林小衫碗里。她被他逗得哭笑不得。事后，林小衫总怀疑，那天起初他给她夹了一碟子的荤菜，本来就有恶作剧的嫌疑。

那时候，林小衫28岁，在相对保守的江边小城，还没把自己嫁掉，心里也是小鸡出壳似的急。每天早上起来，腰横担在一只天蓝色大橡皮球上，锻炼腰部的柔韧度，仰面看屋顶，心里就默念：一定要在30岁之前嫁掉！一定嫁掉！像基督徒的饭前祷告，然后才去洗漱，吃早餐，上班，迎接崭新的一天。

也见过不少良家男子，有的工作还好，年龄瞒报得离谱。有的年龄相当，职业却是不能叫人敢放心地托付终身。饭桌上认识钟小江的第二天，林小衫去相亲，见面在一家茶楼，男的介绍人说是一个收税的小税官。两个人相对坐在一处挂了竹帘的角落里，小税官介绍自己的职业时，相当幽默，他说自己就是一新时代的"穆仁智"，为一最大的东家收租税。林小衫"啪"地笑起来，忍不住迎上一句：那要见了东家就烧香，见了佃户就放枪吧。他接道：差不多，有时候也会视情况而变通，见了躲税的就放枪，见了美女——就烧香。说到"美女"两个字时，他颇有意味地看林小衫一眼，然后剥开一袋爆米花，倒进桌上的浅紫色玻璃盘子里，似乎是烧香了。相谈有几分欢，林小衫的心情也膨胀成半盘子爆米花，各方面都不错，除了男的身高叫人遗憾些，她想着以后要不要再穿高跟鞋了。

一个星期以后，钟小江跟在林小衫当年的师姐白鸥身后，约林小衫K歌。白鸥也是钟小江远房姨娘，其实钟小江早就对白鸥直呼其名。路上，林小衫想起钟小江给她夹了一碟子荤菜的坏来，忍不住想还击一次，于是逗他，说：你瞧，我师姐白鸥是你姨娘，你该也叫我一声"阿姨"的……钟小江很不屑，嘴角蹦出一个"切"字来。其实，林小衫比钟小江只大5岁，但是，一个是"70后"，一个是"80后"，隔一代了。所以逗钟小江的时候，她感觉内心稳稳当当。说到后来，也有点苦涩，竟有老了的感觉。那天唱歌，她专挑老歌来唱，《莫斯科郊外的晚上》，被她唱得并不甜美，却是落寞寡欢，而钟小江，唱《披着羊皮的狼》也唱得并不投入，或许是太投入，唱到"就是不愿别人把你分享"时，嗓子里哽住了，再也唱不下去，于是早早散场。有人逗钟小江，问谁是莫斯科郊外月色下的一只狼，钟小江从蓝色牛仔裤口袋里弹出一支烟来抽，没回答。

结婚事业稳步发展中，"穆仁智"约林小衫一道去看房子，看过房子去装潢材料市场逛。林小衫在一家店堂里看地板时，肩膀被拍了一下，迷糊着还以为当年走在学校篮球场边，被男同学的球不小心砸着了。带着一点点怒气扭头看时，却是钟小江。钟小江很夸张地喊：嗨，真巧！林小衫看看身边穿着淡蓝色制服的"穆仁智"，有点尴尬，低声说：是啊，真巧！钟小江又把气氛提起来，开心地说：我也准备装潢房子，来看材料，你呢，也是要装潢房子吗？林小衫摇摇头，浅浅地笑笑。钟小江望望林小衫身边矮一截的"穆仁智"，点点头，笑笑，露出一颗白白的小虎牙。临分别的时候，对着林小衫的背影，钟小江忽然很大声地追问一句：他是你"男"朋友吗？他把"男"字很狡猾地重音处理了一下。林小衫在心里骂了一声钟小江，看着自己不穿高跟鞋，还比自己矮两厘米的"穆仁智"站在台阶下，忽然不愿在身高 1 米 78 的钟小江面前答一声"是"。她低头说：是朋友。红着脸，把一个"男"字扣下了，像一个长者准备了 300 块的压岁钱给小孩子，伸手的时候忽然发现那孩子不招人疼，于是临时，扣下 100 块，揣起来。走在大街上，看着人行道上合欢树开着粉红的一片花，林小衫觉得很讽刺，也有点惭愧，发现自己有点虚荣，有点像叛徒。

钟小江听见林小衫的回答，没作声。待林小衫走远了，才想起来似的，猛地把右拳头甩到头顶，火炬似的，有种篮球进篮的喜悦。

林小衫惨了，就为那"朋友"两个字，"穆仁智"很悲壮地与她分了手，他知道，她到底是在乎他的身高的。林小衫对钟小江是既怨恨，又感谢。恨的是结婚事业因为他的那一问终成泡影，感谢的是，他帮她逼近答案——其实心底，她还是没有接受那个"穆仁智"，像羊肉泡馍和咸鸭笋干，虽然已经夹在碟子里，临到嘴边，还是放下，到底不喜欢。她知道自己挑，挑食，也挑人。

用佛家的话说，度人的时候，同时也是在自度。钟小江帮林小衫逼近答案，同时，也帮自己逼近了答案。他终于知道，自己是喜欢林小衫的，很喜欢，从第一次见面在他身边吃饭开始。他的心里，她是一条绿色的毛毛虫，有袅娜的腰身，小口小口地吃东西，很安静，也很贪婪。

钟小江开始追求林小衫,有点明目张胆的味道,林小衫没当真。夏天,钟小江送林小衫防晒霜,林小衫接在手里,晃晃,看看牌子,说:到底是提醒我"防老"还是提醒我防晒呢? 说过,又把瓶子撂进包里。钟小江临走,林小衫又说了:我会记住你孝敬的小礼,等你结婚时,我会算作礼钱还给你的! 钟小江转过身,狠狠剜了林小衫一眼。

过了年,又添一岁,情人节又逼近,林小衫觉得简直是四面楚歌,心里悲凉得很。朋友们约着去 K 歌,钟小江不知道怎么得到消息,也赶着插进来了。闹腾到夜里 11 时多,朋友们丢下钟小江与林小衫在马路边,相继离去。两个人站在幽暗的合欢树下,钟小江转身对着林小衫说:就剩咱们两个了,是继续"谈歌论调",还是很风雅地"打情骂俏"? A."谈歌论调",B."打情骂俏",你选! 林小衫止不住地笑,很配合他的幽默,就选了,结果 A 和 B 都是错误,钟小江说正确答案是自己做护花使者,送林小衫回家,因为夜已深了。他还说,来日方长。一路走在合欢树下,有时候,林小衫高跟鞋的细跟嵌进人行道上铺的地砖缝里,她斜着身子提着腿拔,钟小江折过身扶她胳臂,怕她摔倒。林小衫很感动,她心里想,这小子要是再大几岁多好!

钟小江送给林小衫的礼物越来越多,也越来越大胆和离谱。他送她九盆玫瑰花,长在花盆里的,害得她一下班就要照顾这些花,浇水,松土,搬进搬出地晒太阳,弄得像个奶妈似的。后来,他在送了 N 件裙子之后,竟然送了她一套粉红色的内衣。林小衫决定出手,她想,她不能一把年纪了,栽在一个小屁孩手里。她不能等到他结婚时,把这些东西折成礼钱还给他,她担心到那时,自己可能已经爱上了他,爱得无法挽回。而他比她小 5 岁,5 岁啊,怎么可以呢?

林小衫请了假,在家里将所有钟小江送的大大小小东西,都装进车里,赶在上班时间小区里没什么人,开过去。敲开钟小江家的门,里面正在装潢,林小衫走进去看,地板,吊灯,沙发……林小衫呆住了。这是她每天早晨腰横担在天蓝色大橡皮球上闭目设想了千万遍的新房子模样,是的,屋子里的家具和摆设都是她上次在装潢一条街看中的,这真奇怪。钟小江一肩膀的灰,从阳台边走过来,嘴巴贴近林小衫耳朵说:都是你喜欢的,我慢慢打听到的,筑巢引凤,我的理想也是今年结婚,和你的一样。林小衫手指掩着嘴巴,拼命抿着,没出声音,但是泪水从指尖上流下来。

师姐白鸥告诉林小衫说,他知道你急着要在三十岁之前结婚,所以,赶着装潢房子,天天跟在师傅们后面催;嫁个比自己小的男人,确实需要不同凡响的胆量……

钟小江把九盆玫瑰花又送过来,隔着小院门,他说:我是钟小江啊,鱼是养在江水里的,我就是你等着最后上桌的那一条鱼啊,我一直在等着被你吃掉。林小衫说:可是这一次,我想放过一条鱼了!钟小江驳道:那你全吃素啦?林小衫又被他逗笑起来。"我看见你了!我看见你笑了!"钟小江在院外跳起来,踮着脚,目光灼灼地跨过院门,像匹欢快的小马。

莫笑农家腊酒浑

龙玉纯

也许是远离都市地处大山之中的缘故，我那位于雪峰山余脉半山腰的山村故乡，至今还山清水秀民风淳朴，保持着一份未被世俗风气污染的纯洁，虽与"路不拾遗、夜不闭户"的境界还有些距离，然而勤劳善良、慷慨仗义、乐于助人、热情好客之风始终蔚然，尤其是古诗中所描述的"莫笑农家腊酒浑，丰年留客足鸡豚"之景象，在这里还是司空见惯非常自然。

客人来了有好酒，野兽来了有猎枪，这是山里人的讲究，更是山里人的性格。古往今来，好酒与猎枪，对于这大山深处的农家来说，存在的意义与价值，就像耕种田地的锄一样必不可少。山大沟深野兽比较多，为了防止它们偶尔走出自己的地盘来展示野性胡作非为，有必要一家备上一支猎枪，在适当的时候给予警告或者教训。好酒就不同了，在这里它已经和茶米油盐一样是各家各户的开门大事，既少不了更少不得，不然每顿饭就会缺了一种滋味，客人来了也就体现不出山里人家的那份真情实意。

可能是山里太潮湿而且昼夜温差不小的原因，喝谷酒吃辣椒成了山里人家的共同爱好。辣椒可以去湿，谷酒可以活血，爱上这两样东西完全在情理之中。自己喝酒自家酿，要吃辣椒每年种，没什么特别的，但山里人家"待客必须三样酒"这个规矩，确实就有些与外地不同了，如果要追根究底的话，只能说是古往今来这里人们热情好客的传统与继承。

清楚记得小时候我最喜欢家里有客从远方来，客人来了就有妈妈做的糯米甜酒喝，吃饭就会有腊肉，在那个老百姓生活贫乏的年代，对于小小的我来说，喝上甜酒吃上腊肉，毫不亚于现在的小孩上麦当劳，那是无比幸福

的事情。不管当年条件如何艰苦，但山里人家依靠地理优势和勤劳的双手，还是做到了"待客必须三样酒"。客人一进门，首先端上一大碗糯米甜酒冲鸡蛋，表示热情的欢迎；到了正餐，烫上一壶谷酒，端上香喷可口的腊肉，表示对客人的尊重；送客人走时，再倒上一杯生津止渴的杨梅酒，祝客人一路顺风，欢迎客人下次再来。

当时我妈妈做的糯米甜酒在小山村很有名，酒色白里透着一丝黄，入口醇甜，香气扑鼻，很受大家的欢迎，因此邻居们经常请她当师傅帮酿甜酒。我是妈妈酿的甜酒的忠实粉丝，六岁时就因偷吃致醉攀上门前树枝不肯下来，至今我回去探亲还会有人提起此事。每次妈妈做糯米甜酒时都不准我和弟弟靠近，只许我俩远远地看着，我们兄弟俩从小贪玩，衣服干净的时候少，她怕我俩不小心会掉脏东西进去。我至今还记得，妈妈反复告诉我们说，千万不能用沾了油的不干净容器去做甜酒、盛甜酒，那是会坏酒的。

糯米甜酒的做法看上去很简单，但我妈妈每次做起来却非常讲究，先是选粒大而均匀的糯米，淘洗干净，放入瓦钵内，加清水淹没浸泡两小时，用筲箕沥干；然后将木甑放置到蒸锅上，上柴火，待甑内上汽之后，将糯米均匀松散地舀入，加盖用旺火蒸一个半小时，再取出倒在大筲箕内摊开，用适当清水从糯米上淋下过滤，使淋散沥冷的糯米温度保持在30 ℃左右的样子；最后将蒸熟的糯米舀入瓦钵内，把酒曲碾成细粉，顺着一个方向用手均匀地加入。酒曲不能用化学曲，而只能用我们当地一位师傅用一种植物做的那种曲。然后用木棒抹平，中心处挖一个不太大的圆洞。钵面遮以消毒布，盖上木盖，外面找个麻袋、棉袄、毛衣之类的东西裹起来，放入我家专制的发酵木柜内发酵，然后静置两天，等香气四溢，就基本上可以吃了。在农忙季节，老家山村几乎家家都酿甜酒，大家辛苦一天收工回来，将甜酒冲上清凉的深井泉水，喝上一两碗，顿觉疲劳消失，精神抖擞。村里每家每户都有一块上种水田用来种糯谷，虽然糯谷产量比较低，可没有一家会舍不得。

酿谷酒更是一项技术活，不是谁都能酿出好酒来的。在我家，父亲只管种稻打米喝酒，酿酒过程还是全由妈妈张罗，爸爸最多也就有时打个下手。

妈妈酿谷酒的技术在我们村里也算不错，虽然不是数一数二，用爸爸的话来说，她几十年来既没烧过一锅酒，也没出过一锅寡酒。酿谷酒不是一天两天就好了的事，至今我还没完整看过一次，也就写不出什么了。记得上次回去时，听妈妈与邻居交流怎么酿好谷酒，说得很有意思，她说酒糟发酵时间不是固定的，就像年轻人谈恋爱到结婚一样，有的快有的慢，得看情况；同是谷酒，谷子下得多，酒曲撒得满，气温一高，肯定就发酵快；酿谷酒，最要紧的就是蒸煮这个关卡，千万猴急不得，急了缺酒味，也憨不得，稍微磨蹭半个时辰，酒味就会给你打折扣，尤其拖不得，拖得时间稍长点，酒糟子会冒酸变醋。

山里人家都喜欢用第一锅谷酒泡药酒，第一锅酒度数高，泡出的药酒效果好。上次我回家探亲，到处串门，就喝到了桂皮酒、枸杞子酒、鹿茸酒、当归酒、杜仲酒、生姜酒、覆盆子酒等，其口感一点也不亚于某些天天在电视上打广告的所谓名酒。当然，给客人上酒时，山里人家男主人一般会委婉地问客人有什么喜好，不喜欢喝药酒的话，是绝不会拿出药酒来的。山里人实在，一般不会劝酒，除非关系特殊。"你一杯，我一杯，喝得脸上红霞飞；你一口，我一口，看得星星都在抖。你不醉，我不醉，恁宽的马路哪个来睡？你也喝，我也喝，三杯下肚喊大哥。"顺口溜中这样的情景，在我们那大山深处是难得一见的。

山上盛产杨梅，聪明的山里人便用新鲜的杨梅泡酒，于是山里人也有了自产的上等果酒。客人要走了，想要他们留下深刻印象，便倒上一杯酸甜味浓的杨梅酒，这酒只要一入口，便让人顿觉气舒神爽，消困解腻，回味无穷。

随着改革开放的不断深入，山里人家也在悄悄地发生着变化，过去的茅草房子绝迹了，一幢幢风格各异的小洋楼拔地而起，过去的羊肠小道也不见了，村村户户都通了水泥公路，电视、冰箱、洗衣机、电脑、手机等过去只有城里人用的家电产品，也纷纷走进了农家。就连最难改变的生活习惯，也慢慢地发生了一些变化，比如过去一般不喝高档白酒的乡亲们，今天也开始购买商店里的名牌白酒。我爸爸有次在电话里曾和我开玩笑说："儿子，喝过高档白酒后，我才发现世界上原来还有很多的精彩……"

难忘的一次通话

龙玉纯

绝对不是开玩笑，现在如果有谁去问我父亲，打电话是拿起话筒再拨号，还是先拨号再拿起话筒？我敢肯定他会微笑着摇头做出这样的回答：那洋玩意儿是城里人用的，我这个湘西大山里的老庄稼才懒得去管它谁先谁后呢！他这样回答自然有他说得过去的道理，我的老家远离都市在山沟沟里，借改革开放的春风好不容易才甩掉贫困的帽子不久，电话对于他来说还意味着是奢侈，自然未来得及把它列入生活必需品之列。

我十七岁当兵至今快十年了。从告别父老乡亲参军到广州某部，一年以后又从广州考进郑州的军校，后又去南京学习，毕业后分至总参驻山西某部，后又调入驻湖北某部，有什么大小事情有什么心里话，一直都是通过一纸书信向父亲倾诉的。父亲小时候有幸念过几年私塾，毛笔字写得比我用钢笔还顺手，再加上他是个书迷，平时又是个热心肠爱为邻里之间写写画画，因此文字功夫也完全不在我这个上过多年正规学堂的人之下，于是书信便成了他和千里之外的我联络沟通情感的最佳选择。我做梦也没有想到过父亲会给我打电话，父亲也可能从来没有想到过他能和离家千里之远的儿子通上一次电话。

沾工作的光，现在我的办公室里有两台电话，一台是军队内线电话，一台是国内直拨电话，它们那各具特色都很悦耳的铃声不时响起，仿佛在随时提醒我它俩是我工作上的忠诚助手。我从未在上班时间打过私人电话，那既是部队的规定，也是一名机关干部必备的基本素质。意外！今天上午快要下班的时候，我接到了远在家乡省城工作的叔叔的电话，他在电话的那一头当时用有些神秘的口气对我说：孩子，有人想和你通话，仔细听好！

会是谁呢？我想，该又不是那帮最喜欢和哥哥装神弄鬼的弟妹们吧。他们一个个被现代都市文明熏陶得无比聪明机灵，常常让我这个脑袋里装满了兵法战法的人也往往捉襟见肘笑话百出。

"纯儿，你在干什么呀？"多么熟悉而又陌生的乡音，这又是谁呢？我的大脑顿时像那奔腾电脑高速运转起来。

沉默。尴尬的沉默。

"离家久了，连我的声音也忘了？应该不会这么离谱吧！"

"爸爸，是您吗？"听出来了，我似乎如梦初醒，激动地抖着话筒大声问道。

"哈哈哈，我的儿子，总还算吃了皇粮没忘爹娘！"父亲那爽朗的笑声顿时将我紧紧拥抱，已经将近两年未回家休假的我立即有了在家的温馨感觉。

他说三句，我说一句，打开了闸门的话流滔滔不绝。整整半个小时，就这样在我们父子俩密密麻麻的言语中匆匆而过。

父亲告诉我，他这次是专门来省城感谢叔叔的，感谢叔叔十多年前据理力争让我参了军，从而使我这几年在部队受到了很好的教育，今天也终于有了出色的成绩。

什么？这话多少让我有点摸不到头脑。近来我有什么出色成绩吗？扪心自问，没有！这些天来我整日忙着陪上级检查组考核检查，就即使算得上有一点出色的表现他也不可能立即知道，到底又是什么呢？

事出有因。我那初中三年级时的语文老师，也是我爸爸的一位朋友，他前不久在学校图书室翻一堆旧报纸时竟然奇迹般地在《人民日报》和《中国青年报》等报刊上发现了我的名字和我写的散文及诗歌。"好家伙！学生的文章都写到这个份上了，算我这些年的书没有白教，粉笔灰也没有白吃！"老师他一激动，拿起这几份报纸便直奔我家，一进我家门就扬言要为此与我父亲一醉方休。望子成龙天下父母同心，父亲戴着老花眼镜高兴地将这几份报纸的副刊仔仔细细品了三遍，然后感慨地对老师说："感谢您这位园丁的辛勤培育,我家祖传没文化的铁树上,终于破天荒冒出了一朵秀才花。"

酒酣耳热之时,父亲又记起了我高考时以八分之差落榜的事。这家伙当兵前并没有什么说得过去的表现,也没什么明显向好的方向发展的苗头,老师您分析分析,又是什么原因使他这几年有所进步的?这还用得着分析吗?军营是一所大学校、炼钢炉,只要是有志青年,在那里都能百炼成才,你当时把他送进军营,现在证明这着棋走对了!老师他边喝边笑。说句实话,那时我还有点不同意呢,我想让他继续读书考大学,好在他叔叔比我有远见,硬是把我说服了,不然……酒话道真情。那得好好感谢他叔叔!对,是应该去感谢他叔叔!

就这样,父亲第二天一早便乘客车来到了省城的叔叔家。叔叔得知原因后也非常高兴:"我只知道这小伙子荣立了两次三等功,没想到今天还写起了文章,有希望!这得好好感谢部队的培养。"于是他顺手就拨通了我的办公室电话,要我父亲与我好好谈一谈:一定要更加努力工作,不要骄傲,好好报答部队多年的培养。

说了半天,感谢来感谢去,父亲就是没有想到,儿子能有今天,首先要感谢的还是他自己。我笑着对他说:"爸爸,在报纸杂志上发表一两篇短文算不了什么,如果硬要感谢谁的话,我看首先还得感谢您,是您辛辛苦苦将我拉扯大。过去我们家里穷,您替别人干活宁愿不要工钱,也要多为儿子借几本书看,就凭这个我今天也得争得一点成绩来,算是对您的小小报答。"

"哈哈,这话我喜欢听。俗话说:养不教,父之过。只要没人在背地里说我老农民没文化教子无方,我这当父亲的也就谢天谢地心满意足了。听说报纸发表你的文章后还有润笔费,哦,好像现在是叫什么稿费,是吗?你可千万不能为了钱而去胡编瞎写误人误己哟!我现在身体还好,暂时用不着你寄钱回来。你要是真正想孝敬我,就多给我寄回一些刊登有你文章的报纸、杂志,多立功受奖,在我看来这个比钱更管用,更能让我高兴!"

"好的!爸爸,您的话我已经记在心里,您放心吧,我今后一定更加努力,保证做个好人当个好兵……"

　　"谁言寸草心，报得三春晖。"父亲是一株默默扎根于黄土地朴实无华的庄稼，他日出而作、日落而息、面近田野、背朝蓝天，默默地用自己的血汗养育了我，却从不言回报。面对这深深的父爱，传统的父爱，明天的我又将怎样去履行我的诺言呢？又怎样才算是对父亲最好的报答呢？人生路漫漫，我的求索才刚刚迈出稚嫩的第一步，要想今天做出一个确切的回答显然还为时尚早。在此，还是先让我衷心地对父亲道一声：爸爸，儿子感谢您！

永远的红玫瑰

卢海娟

恋恋不舍地与男友道过晚安，已经接近午夜了。沉浸在柔情蜜意中的云萝蹑手蹑脚地上楼，打开家门。

父母都不在身边，和她一起生活的只有年逾古稀的外婆。见外婆的房间还亮着灯，她轻轻推开房门。

外婆很沉迷地坐在窗前，云萝进门后，她一惊，转身佯嗔了这个丫头。透过外婆的苍颜白发，云萝发现，窗台上的花瓶里竟然插了一枝含苞待放的红玫瑰，那朵花娇艳、饱满，散发出让人沉醉的香气。

"哪儿来的红玫瑰？"云萝不经意地询问，伸手想把那朵花儿取出来，据为己有。

外婆先是神色忸怩，见云萝来抢花儿，一下子很敏捷地冲过来护住了花瓶，说什么也不让云萝拿走，嘴里还嗫嚅着："别动，捡来的，是我捡来的。"

见外婆紧张兮兮的样子，云萝笑起来，回到了自己的房间。

过了两天，云萝几乎忘记了这件事，可是，她发现外婆的房间里竟然多出了两朵红玫瑰，一朵妖娆地怒放，一朵仍紧锁花蕾，但都风情万种。而外婆，像个小女孩似的坐在玫瑰花前，抚摸着、嗅着，那样沉醉地喃喃说着什么，昏花的老眼里溢出温暖和柔情，隐隐地好像还在哼着一支不知名的曲子。

云萝惊诧了！要知道，外婆已经七十五岁高龄。

见了云萝，外婆慌里慌张地逃回常态，小心眼地把云萝推出房间，关门时还偷偷地瞄了瞄她的红玫瑰。

云萝一头雾水,决定一探究竟。

一整天,外婆都待在家里,打扫房间,准备饭菜。老人家心情极为愉悦,一副快乐又满足的样子。

晚饭后,外婆见云萝一直赖在家里,就显出一副着急的样子来了。云萝于是下楼,在附近藏好。

过了一会儿,外婆衣着整洁光鲜,精神飒爽地出了门,急急地向附近公园的方向走去。

公园里散步的人很多,云萝见到外婆在公园的门口张望了一下,走进人群,过了一会儿又走出来,一只手藏在衣襟里,脚步匆匆地往家赶。

藏在衣襟里的手握着的,就是玫瑰花吧?

云萝急忙走进人群,远远地见人们正在指指点点。原来,在一棵苍老的银杏树下站了一位须发皆白的老大爷,一大捧红玫瑰簇拥在他的怀里,实在有些诡异。老人有些佝偻的身子在晚风中微微颤抖,脸上却露出热切的表情来,不时地在来来往往的行人中搜寻。老人手里的玫瑰,则很绅士地分发给那些独自走过的老年妇女。

云萝试图与老人沟通,打探出玫瑰的秘密,可惜的是,老人专注于花儿和面前的老妇,并不理睬她。

直到午夜行人散去时,老人送出最后一枝玫瑰,才舒了口气,像完成了一件重要的任务似的,蹒跚着离去。

其实,有些玫瑰是被随手扔掉的,云萝就看见好几枝红玫瑰在离老人不远的地方跌落红尘。

大多数的玫瑰都被人偷偷带回家,带回某个宁静的卧房。

云萝牵了男友的手,两个淘气的年轻人偷偷地跟在老人身后,走过很远的路,终于,老人停在一幢古旧却很雅致的平房前掏出钥匙,原来这里就是老人的家。

老人急匆匆地进了家门,好像有什么急事似的,很紧张地拨了屋子里的电话。云萝和男友躲在窗前,电话打通后,老人很热切地问,英子,今天你来

过吗？收到我送你的花了吗？

不知电话那边说了些什么，老人唯唯诺诺的，最后说，那就好，那就好……然后意犹未尽地挂了电话。

云萝和男友偷偷地透过窗子往屋里看，只见老人面前放着一束红玫瑰，旁边有一张镶嵌极好的很大的黑白照片，照片上一个扎着辫子的少女。整间屋子似乎都充溢着她灿烂明丽的笑容。

老人对着照片看了很久，长长叹息一声，自言自语地说，英子啊，五十多年了，总算找到你了，想见见你，你偏说自己又老又丑，明明答应了又不肯正大光明地来。唉，算了，我已经发出三百朵玫瑰花了，三百朵玫瑰花，总有一朵是属于你的吧，这辈子不见，下辈子我看你还往哪儿藏？

说完了这些，老人好像完成了一项重要的工作，大概就要就寝了，云萝和男友感动着，牵着手悄悄离开。

外婆的小名是叫英子吗？云萝试探着问。

英子？外婆一脸茫然。看来，外婆并不是送花老人念念不忘的英子。

那么外婆认识那个送花的老人吗？云萝不依不饶。

宝哥——外婆一下子陷入了沉思，宝哥是外婆少女时代的邻家男孩。那时，她是他的青梅，他是她的竹马，可惜，战乱时两家各奔东西，懵懂的情感戛然而止。只因那棵老银杏树留下了他们唯一的记忆，这一生，外婆都没有离开过这棵银杏树。如今，在银杏树下送花给老妇的人，不是她的宝哥，又会是谁呢？

外婆两颊泛红，像饮了爱情佳酿的少女。

其实，他不是她的宝哥，她也不是他的英子，可是这又有什么关系呢？美好的爱情总会在人们的心中，发酵成陈年的酒，让人一生迷醉。即使年逾古稀，也会为生命举起烛火，像红玫瑰，绽放和凋零都会有别样的美丽。

善良做芯，爱心当罩

朱成玉

　　父亲做灯笼的手艺远近闻名，但父亲从不以此为业，靠它来赚钱。许多人为父亲遗憾，嫌他浪费了这一身手艺。父亲却总是憨厚地笑着说：当玩了，闲着也是闲着。

　　逢年过节，很多人家都来求父亲做灯笼。自然不会白求，家境殷实些的，会给些闲钱。所以童年里，我们过年总会吃到很多好吃的，也有新衣服穿，放的鞭炮也多，和别人家的孩子比，我们要算是幸福的了。家境贫寒的穷人，会拿些粮食来求灯笼，他们宁可从嘴里省出来几升粮食，也要做个大红灯笼，图个喜气。他们心中，有一个思想根深蒂固，他们把灯笼当成一种寄托，当成了好日子的火种。父亲一视同仁，不会因为穷人还是富人，一律应允，害得自己整个腊月都闲不下来，忙得昏天黑地。但望着一家家大红灯笼高高挂，父亲就会一边抽着烟袋，一边很满足地笑，把眼睛眯成了一条连小咬儿都钻不进去的缝。

　　父亲的灯笼完全是用竹子制成，而且用以编织的竹篾十分精细。这种呈椭圆形的灯笼被称为长命灯，也叫火葫芦或火蛋灯。灯笼通体由竹子制成，故有富贵驱邪之说。竹子四季常青，在民间寓意长命富贵。依我们这里的民俗，逢年过节点亮竹制灯笼不仅可以增加年气，还可保一辈子不受穷。另有虔诚的人说，如果哪家媳妇婚后没有身孕，娘家妈便会在除夕夜偷偷将灯笼点亮悬挂在女儿寝房外。按照此法尝试，来年肯定能抱上孙子。还有的人说，点上灯笼，可以使家里人都健健康康的，没病没灾。各种各样的说法，不一而足，但中心只有一个，都是些善良而美好的愿望。

点灯笼还有讲究,正月过完,一般要将灯笼燃尽。迷信的老人说把灯笼留到来年会对子孙不利,不过父亲不舍得将它烧掉,正月后,将灯笼芯掏空,再用布将两端缝合,就给了我当蝈蝈笼子。

做灯笼是个细致活儿,需经过片竹、削竹、编织、定型、上纸、写字、上油等烦琐的过程,每个过程都需要严谨的操作,只有在灯笼腰身糊裱上一圈红色皱纹纸的时候,灯笼才有了灵魂,细密的纹路衬上红色,一份喜气便骤然附到灯笼身上,挥之不去。

父亲认真对待每一个灯笼,从不糊弄别人,一丝不苟地编制着手中的灯笼,他虔诚地认为,每个灯笼都是有灵魂的,只有认认真真地编制,每尺每寸都一丝不苟地完成,让每根竹条都规规矩矩,恰到好处地排好队,站好岗,灵魂才能在灯笼的身体里待得安稳。那些灯笼做好后,父亲的手上便会落满疮疤,那都是让锋利的竹条划伤的。

邻居拴柱来求灯笼,拿来了半袋米。他挠着头,不好意思地对父亲说,因为领阿爸去治病,过年才回来,没赶上定做灯笼。只想来碰碰运气,看父亲有没有多做出一个来。我们知道,拴柱家境贫寒,而且家里的老人病了很久,花了很多钱医治,吃了很多的药也不见效。

"我只想把灯笼高高地挂起来,没准那样阿爸的病很快就会好了。"拴柱充满期待地说,仿佛这灯笼真的成了救命良方。

父亲刚开始犹豫了一下,但听到拴柱这样说,便斩钉截铁地说道:"有,正好多一个。"父亲从里屋拿出了一个又红又大的灯笼递给拴柱,"把这个拿回家挂上吧,希望它能灵验,让你阿爸的病早日好起来。"拴柱一个劲地道谢。父亲还撵出家门,硬是把那半袋米原封不动地塞给了拴柱。父亲心软,看不得别人的苦。"你们家条件不好,这个就拿回去吧,这可是你过年要吃的白米饭啊。那个灯笼算我送给你们的。"

拴柱被父亲感动着,堂堂一个五尺汉子,在父亲面前直抹眼泪。

那是所有灯笼中做得最好的灯笼,那是我们留着自己挂的灯笼。可是父亲却白白将它送人了。我在心里和父亲赌气,嫌他把自己家的灯笼送

了别人。父亲却说,如果拴柱那个虔诚的愿望可以成真,那么我选这个最好的灯笼给他,自然就会更灵验一些。

那一年,我们家虽然没有挂起灯笼,但左邻右舍高高挂起的灯笼,那些被赋予了灵魂的灯笼,仿佛格外地惦记着制造它们的人,争着要把光亮照过来似的,把我家的院子照得透亮。人们不约而同地仰起了头,看着那光闪闪的被赋予了生命的喜气的家伙,用对生活最大的热爱将一年的快乐都渲染在灯笼上,仿佛看到了光灿灿的丰收的年景,看到了衣食无忧的将来,看到了一个个即将成真的美好愿望……父亲微微有些喝醉,看着那些在风中飘荡的红红的灯笼,不无骄傲地说,总算没有瞎了这身手艺。

现在我才懂得,父亲在编制那些灯笼的时候,把自己也做成了一盏灯笼,用善良做芯儿,用爱心当罩,这盏灯笼高挂在我的心里,一生都不会熄灭。

第五辑

怀想那片花地

　　偶尔在春深时节,我还会独自漫步到田野深处,觅得清静一隅,不止为看风景,只为踏一踏那被春雨濡湿了的松软的土地,得到一丝即便是暂时的宽慰和感动……

有爱有坚强

赵　谦

强烈的地震发生了。女警察张瑗眼圈红红地找到老所长，质问他为什么不让她去一线抗灾救人。她还从来没有这么激动过，平时说话总是柔声细雨的。

所长看着她，说："小张，你这几天一直在镇上救人，够累了。不光你不能去，这次家里失去亲人的，我们都暂时不安排去前线，你的儿子才五个月大，就……我们都感到很难过，你在家里忙忙后勤保障工作吧，以后有的是艰巨的任务。"

"不，我的儿子没事啊，他很安全。"张瑗坚定地说。

"你说什么？"所长睁大了眼睛，既欣喜又满腹狐疑。

"真的，所长，他现在就在值班室里，不信，我领你去看看。"

于是，所长就跟着她来到值班室，果真，小家伙正在安静地睡着呢，一脸的幸福，一点也不知道世界上发生了什么，好像大地震对他毫无影响。

所长咧着嘴笑了，抱歉地对张瑗说："对不起，小张，大家都说嘟嘟他……孩子安全就好，那好吧，你抓紧准备一下，我们马上就要出发，去县城参加救援，并且把一些专业器材运上去。"

张瑗精神一振，高兴地说："我已经准备好了，随时可以出发，不过我有个条件。"

"什么条件，你说。"

"我要把嘟嘟带上。"张瑗话说得很坚决，好像所长必须答应。

"这个，"所长迟疑了一下说，"这恐怕不行吧，到处是泥石流和山体滑坡,随时都有危险,还是放在家里吧。"

张瑷的倔劲儿上来了,说:"所长你放心,人在阵地在,孩子离不开我,再说,刘建就要上来了,或许能碰到他,你知道孩子刚出生十天他就奉命归队了,五个月还没再见孩子一面呢。"

所长不再说什么,他知道刘建是张瑷的丈夫,是解放军某部的一名连长。再说现在家里也很不安全,派出所就在山脚下,已经有一栋楼房被摧毁了,如果再发生山体滑坡,这儿首当其冲。与其这样还不如把孩子带在身上,于是说:"原来你们想一家人好好团聚一下啊,不过这可不是时候。"他本想缓和一下气氛,大战在即,所有人的神经绷得太紧了,自从地震发生以来,这个昔日美丽繁华的小镇遭受灭顶之灾,活下来的同志也是不停地救人,忙得连轴转,有的还忍受着失去亲人的痛苦。但此时,却没有人能笑得出口。

张瑷给孩子换好尿布,喂饱了奶,然后把他固定在自己胸前。背上前方战友所急需的器材就出发了。每个人的负重都在 20 公斤以上。

刚出发不久就下起了瓢泼大雨,道路泥泞,深一脚浅一脚的,还要随时防备旁边山上滚落下来的石头和树桩,难度可想而知。张瑷拒绝了其他人的帮助,而是靠自己良好的身体素质在艰难地支撑着。孩子在雨衣下面静静地睡着,张瑷怕他被什么东西碰着或是划着,总是紧紧地护着他。路上碰到不少从县城里撤出来的灾民,就毫不犹豫地把随身带的粮食和矿泉水送了出去,尽管他们自己也是饥肠辘辘,干渴难耐。

克服重重困难,他们终于到达县城。满目疮痍,惨不忍睹。他们与先期到达的消防战士会合,有了专业救援器材,救援速度大大加快。一天时间就救出了几十个人。

也许是巧合。晚上,一支部队抵达了这里,领头的正是张瑷的丈夫刘建。战士们到达后,一刻也不耽误,马上救人。因此夫妻两人连面也没有见着,只是在快天亮的时候,部队吹集合号吃饭,由于张瑷他们没有饭,只好随部队一块吃。刘建也感到非常意外和惊喜。他也一直牵挂着亲人,但是任务紧急,回家是不可能的。张瑷忍着泪水,告诉他家人都很好。儿子也很

好。刘建抱过儿子，儿子已经睡醒，红润润的小脸蛋，水汪汪的大眼睛，样子十分可爱。刘建把自己的脸用手擦了好几遍，然后对儿子亲了又亲，不停地逗着让他叫爸爸。十几分钟的吃饭时间一到，新的战斗就要打响，该分手了。刘建向张瑷做了个胜利的手势，四目相对，是一种关心，是力量的源泉。张瑷大声说："手机有了信号，别忘发信息联系。"刘建和战友们很快走了。

张瑷他们也立即投入到救援中去。虽然带着孩子，可这一点也不影响她工作，孩子表现得特别乖，只要张瑷一忙起来就不哭。有时她停下来反而会闹，就像在催促妈妈赶紧救人一样，让她感觉到很奇怪。

张瑷的腿不小心被一根铁丝刮破了，鲜血直流，顾不得那么多了，因为他们听见一栋居民楼下面有轻微的呼救声，他们不停地挖，冒着随时有余震的危险。终于，掀开最后一层覆盖物，映入眼帘的却是两个紧紧抱在一块的夫妻，丈夫显然是为了保护妻子，用自己的身体顶住了一块水泥板，妻子则已经昏迷。大家的眼泪禁不住流了下来。费了好大劲才把妻子从丈夫的怀抱里拉出来，经过紧急抢救，她终于醒了过来，还好，伤势并不算严重。看见丈夫的尸体，她像疯了一样号啕大哭，让在场的每一个人都禁不住潸然泪下。

下午吃饭时，张瑷试着拨了下丈夫的手机，竟然有信号了。但她没有接通，她喜欢发信息，感觉那样能把自己的意思表达得更完整。于是她编写了一条发过去：老公你好，多保重，我们又救出了两个人，可惜男的死了，为了保护自己的妻子。

过了一会儿，老公回信息了：老婆你好，我们也刚救出了一个，妻子相信被六层楼压住的老公肯定还活着，在我们来之前就靠双手不停地挖了两天，手都磨烂了，在我们的帮助下，终于找到了他，他靠吃卫生纸和木筷活了下来。多亏他妻子的坚持，不离不弃。我们收获了太多的感动。所以我们也一定要坚强，许多人在看着我们呢。

张瑷的眼睛湿润了，她继续发：我们学会了坚强，我们一定要坚强，昨天在镇上，我们找到了一对母子，母亲弓着身子，已经离开人世，下面的儿子却

安然无恙,在孩子的衣兜里发现了母亲最后的遗言,上面写着"孩子好好活下去,妈妈爱你,妈妈是你的坚强,请你记住妈妈"。

老公的信息:所以你就把他当成了我们的嘟嘟,我没有猜错吧。

张瑗心一颤,几乎跌坐在地上,她的手抖动得厉害,一条简短的信息竟写了很久,她问:你什么意思?

老公回信:我们的嘟嘟脸蛋左侧有块小小的疤痕,你难产时产钳留下的,我问过我们的随队医生,短时间内不会消失。

张瑗泪流满面,她写道:你这个傻瓜,心还挺细的,不过你说过我们要坚强的,如果我们倒下了,会让很多家庭没有欢乐,没有阳光。

老公的信息:以后就申请让他当我们的嘟嘟吧,如果他没有了其他亲人。我们会好好地抚养他,爱他。

张瑗不能自制了,继续发信息:好的,只是不要告诉我们的所长,这个老头太脆弱,否则他一定会赶我回去的。

老公迅速来信:好的,一言为定,亲爱的老婆,我爱你,我们要出发了,去另一个县城,你多保重。让我们一起为我们的嘟嘟祈祷,他会在天堂里感觉到我们的爱。

放下手机,张瑗再也控制不住,呜呜地哭了起来,没有人知道为什么。同事们都往这看。于是她很快擦了一下泪水,因为她意识到此刻绝不能哭。她必须坚强。

这时孩子哭了,她知道喂奶的时候到了。

他们不懂

张珠容

一

雅安地震,正在宝兴县钟灵村街头开面包车的黄宗敏眼见一阵天崩地裂,路面全塌了。他丢下面包车发疯一样往家跑,因为家里 14 岁的女儿和 10 岁的儿子还在睡觉。跑到自家门外黄宗敏才发现,3 层楼的房子一下子全平了,成了一堆废墟。女儿已经跑了出来,但儿子生死未卜。

黄宗敏不顾一切冲向废墟。他看到了儿子睡的床,但儿子并不在上面。他猜想儿子最有可能被埋在楼梯下,于是找到楼梯的大概位置,徒手挖起砖块。他边挖边喊儿子的名字,可废墟里一直没有回应。

有村民赶来帮忙,建议他使用挖掘机。黄宗敏连连摆手:砖墙一块压一块,用挖掘机会伤着娃儿。村民们二话不说,全都徒手,一块接一块地搬开废墟的砖块。忽然,黄宗敏听到废墟里传来了儿子微弱的回应:爸爸,放心,我闭着嘴,用鼻子呼吸呢。这下,大家挖得更起劲了。

整整 6 个小时后,黄宗敏搂住了奄奄一息的儿子。此时,宝兴道路坍塌,通信中断,成了一座"孤岛"。

黄宗敏用布袋和木条做了一个简易担架,叫上三个亲戚抬着孩子上了路。4 个人抬着担架走了 20 余公里,体力出现不支。所幸,路遇 5 个正赶往汶川的农民工,他们主动上前帮忙。

9 人轮换抬着担架,终于赶到芦山县城。但芦山县内大量房屋坍塌,医院已不复存在。黄宗敏毫不迟疑地决定:去雅安。

几经辗转,黄宗敏终于在次日凌晨2时将儿子交到了雅安市人民医院。孩子只是左眼微肿,右肩被缝了几针,伤情并不严重。

此时,距离地震发生已过去18个小时。

此地,距离钟灵村约200公里。

从鬼门关里拉回了儿子,黄宗敏说他从来不懂什么叫绝望,因为他相信有爱就能突围。

二

青岛胶州市某彩票站站长王伟卖给彩民周先生两张即开型体育彩票。刮开第一张,还行,10元。正在此时,手机响了。周先生边接电话边往门外走去,他匆匆看了一眼第二张彩票,便丢弃在地板上。

王伟习惯性地拿起彩票看,发现竟然中了25万元。王伟赶紧冲出门,找到周先生,把彩票塞到他手里,告诉他中奖了。

王伟是个有钱人吗,将唾手可得的25万元送了出去? 没有人知道,他其实是一个长期化疗、债台高筑的白血病患者。

两年前,王伟被查出患了白血病,一个月需化疗一次,一次需要一万多块钱。高额的医药费不仅花光了家里的全部积蓄,还让王伟背负了沉重的外债。那个小小的彩票站,是一家人全部的收入来源,也是王伟活下去的希望。他完全可以把彩票留给自己,可他只认一个死理:那是人家花钱买的彩票,不属于自己。

金钱诱惑面前,王伟不懂得什么叫据为己有,他只知道作为一个人,不能把起码的诚信丢掉。

三

石佛艺术公社163工作室里,来了一位特殊的人体模特。他叫赵长永,是商丘永城一位普通农民。

此前,赵长永从没听说过"裸模"这职业。在工作室,当他了解了"裸模"是怎么回事时,考虑许久,最终脱下了衣服。

一个小时后,作品完成。看着自己的裸体画,赵长永的脸烧得通红。接过画师支付的100元劳务费,他先深深鞠了一躬,继而反手"啪啪啪"给了自己三个耳光。他长叹一口气:为了给儿子治病,什么都豁得出去。

赵长永家里有十几亩地,曾在村里开过养猪场,是村里第一个"万元户"。11年前,儿子被查出患有再生障碍性贫血,赵长永想都没想,就把养猪场低价转让出去,随后就带着儿子来到郑州求医。

屋漏偏逢连夜雨。5年前,赵长永的女儿被查出患有白血病。所幸,经过治疗之后,女儿已基本康复,只需要长期服药巩固。

为给两个孩子治病,赵长永家里医院来回奔波数次,已花去60余万元,如今家徒四壁。数日前,儿子病情加重,再次住进省肿瘤医院。医生说,如果孩子进行骨髓移植,治愈率在85%以上。这让赵长永信心倍增,可凑钱谈何容易?

赵长永一个月收入2000元左右,只够勉强维持生活开销。得知做"裸模"能挣钱,他怦然心动。多挣得100元,儿子就多了一分希望。

赵长永说自己大字不识几个,不懂什么叫艺术。他只知道,孩子的性命大过天,为此,他愿意付出一切。

记忆深处的最美声音

张锁军

年逾老矣,总爱回忆陈年旧事。内心深处的故事,偶有触动,便如那静潭之水遇投石般激荡而来。尤其是那曾伴我快乐童年的声音,虽渐行渐远,但总觉历久弥新。

卜朗朗卜朗朗——香烟洋火桂花糖

一个推着独轮车的老人一步一颤地弓着身子缓缓走来。停下车子就摇着拨浪鼓吆喝:香烟洋火桂花糖!

这声音在我们小孩子听来,简直就是天底下最美的乐章。因为每每此时,大人就会给你一两角钱,让你去买生活必需品,如针呀、线的。我清楚地记得,卖货老人的独轮车上有很多的小瓦罐儿,每一个瓦罐儿里盛的货物个个不同,有针头线脑、笔墨纸砚、糖醋油茶等。但我觉得最引人注目的还是糖果罐儿,花花绿绿的,馋人。见我们过来,卖货的老人将货车的车辕绳挂在脖子上,笑眯眯地看着我们。不时把糖果儿从瓦罐里急速抓出,又一个个慢慢放回。每当这时,孩子们就会涎水横流,嚷着让大人买糖果儿。我往往是先讨价还价地完成大人交给的买必需品的任务。省下一两分钱,买一小块儿糖果吃,但往往没有选择糖果颜色的权利,卖货老人让伸手去瓦罐里抓,赤橙黄绿青蓝紫,抓出什么颜色就要什么。要是有七分钱,卖货老人就可以每个颜色的糖果给一个。那时候,也是有钱就有特权。

我认定拨浪鼓是乡间最优秀的器乐,总是伺机去把玩,心里想,这简单

138

粗糙的玩意儿怎么就能能敲打出世间最美妙最诱人的音律呢。"卜朗朗,卜朗朗",轻快的鼓声南来北往,此起彼伏,把沉寂古老的乡村摇动的热闹异常,也摇动着儿童们诸多的梦想。其实,小孩子喜欢的不是那优美的鼓声,而是鼓声里的美味。对这声音最敏感的还是稚嫩的耳朵,从小胡同里跑出来的都是童真笑脸,镶入眼眸的是晶莹剔透的玻璃球、五颜六色的小糖豆。他们有的扯着年迈奶奶的拐杖,有的扯着年轻母亲的衣角。这些稚童们,随着哭闹声、连唬带吓声从四面八方过来了。由于日子贫困,嘴里没味儿,好多孩子都是皮着脸以得到口与心的些许满足。不顾大人的训斥,一小点儿一小点儿地吃完稀罕的小吃,巴望着独轮车,吧唧着嘴儿回味。

如今超市里的商品琳琅满目,商家为了吸引顾客,萨克斯、架子鼓、高音喇叭一齐上。有声电子设备发出的声音充斥着孩子们的耳鼓。幸福的孩子们随意选择,他们选择最好的东西放进货筐里。但他们却听不到"卜朗朗卜朗朗"的绿色音乐,也感受不到朴实欢快的购物之趣了。

然而在我的印象里,拨浪鼓是最美的乐器,独轮车是最好的超市。送到家门口的货物丰富了人们的日常生活,满足了孩子们微不足道的欲望,更使贫瘠的童年变得有向往。

锔盆咦、锔碗咦、把大缸咦

这次来的不是带着甜点的货郎车,而是破盆破罐儿,是锤子弯锔叮当响。

听到这个声音,父亲就会吩咐我:"快去,把你打碎的盆儿让人家给锔上。"

于是,年幼的我拿上几块儿破陶瓷片,高兴地去弥补自己的过失。

手巧的匠人每当这时,都哈哈一笑,露出他镶得不太完美的金牙说:"哈哈,小闹鬼,又打碎了你家的瓷盆啊,来,我看看,看还能修补得上吗?"

他接过破陶瓷片,一边观察茬口一边说:"看这破的,神仙都没有办法。"

我坚信他是能修上的,但还是祈祷着他那双糙得沟壑纵横的手,能修理得完美无缺,好让我给父母一个完美的交代。

不一会儿,碎得四分五裂的瓷盆,在匠工的巧手中像拼积木似的一块块合拢。锤子欢快地敲打,最后将碎物打回了原型,再抹上白灰。完整无缺的盆子就端回了家。

这个事情多了,我就偷学了他的修补工艺。总觉得无他,自己也尝试起来。

在父亲的指导下,我先做了锔弓,找了一根直径为1厘米,长度20厘米的枣木棍子,一端镶嵌了自行车辐条帽儿做钻尖穴,然后做了牛皮绳弓子,固定缠绕在枣木棍子上,买一个钢钉,塞到枣木小锯子钻尖穴,钻眼儿的工具就成了。然后制作锔子,将火柴棍儿粗的一根铁丝淬火后裁成适合的段儿,然后将中间锤扁,两头儿锤尖,用钳子弯了两头,制成订书钉样,这样,锔子就做成了。然后,开始在瓷盆上钻眼儿,等在裂缝两岸分别钻好了眼儿,就可塞上小锔子,用小锤子轻轻地敲击,小锔子就紧紧地将两个碎片锔在一起了。

这锻炼了我的动手习惯,也培养了我凡事动脑筋的思想,一听到"锔盆锔碗把大缸"的声音,我就跑上街头,偷偷学艺,到今天,我还能锔瓷器文物呢。

儿时街头的声音很多,不但解决了大人的需求和烦恼,而且还丰富了孩子们的课余生活。

戗剪子咮磨菜刀

这声音能使刀剪变得锋利,使做饭变得麻利,使针线活儿变得得心应手。记忆里的磨刀人总是挑着一副担子或骑一辆破旧的自行车,有一条长长的板凳,凳面上嵌一块磨刀石。磨刀石表面深深地凹下去。来到村子里,先是绕村子的大街吆喝一通,然后,只管在村中心的十字街开阔地带,摆好

摊子,斜支起长凳子,拿好架势等生意来。这种活儿年底的时候生意奇好,为了准备年货各家动刀动剪的多,老百姓说,用什么糟蹋什么。

记得我家的菜刀在我削风老婆(木陀螺)时,弄了个大大的豁口。我就盼着磨菜刀的师傅马上来。有一天傍晚,街上突然传来"戗剪子咪磨菜刀"的声音,我于是抱上一个北瓜当作费用来到街上,磨刀师傅接了北瓜看了看,觉得不小,于是笑着工作起来。我看到他将菜刀固定在木凳子上,开始用一个大大的笨刀刮起我家的小菜刀来,只看到火光四射,铁屑飞扬。不一会儿菜刀上的豁口就不见了。又磨了磨,一把锃亮锋利的菜刀就成了。我高兴地哼着小曲儿回了家,从此妈妈不再为刀而唠叨。

多少年过去了,卖杂货的还有,磨刀的还有,只是没有"锔盆锔碗把大缸"的了,人们富裕了,不在乎那些盆盆罐罐了。同样,人们富裕了,不再浪费自己的喉咙,而是用刺耳的高音喇叭代替了动听的吆喝声。传统文化被现代文明所取代,这难道就是传承吗?小区里过来的卖什么的都是高音喇叭,刺耳的,让人心生厌、生烦的声音,使得小区居民怨声连连,想买也不买了,管你如何吆喝呢。

时代,还有多少东西保留着原汁原味呢?

享受悠闲

雨 兰

　　这几年,经常有熟人、朋友说起我日子过得悠闲、自在,言语中也不无流露出羡慕之意。

　　确乎,从表面看来,我的日子过得比较悠闲自在。休息日,闲闲地泡上一壶热茶,闲闲地打开音响,闲闲地阅读、上网,闲闲地在毛边纸、宣纸上涂抹几笔,也时不时地,带孩子到小公园、郊外野地闲闲地看山看水;或者与文朋书友相聚,品茗说画,诗酒闲谈,忘情于山水美景之中……

　　也自问,我真的如一些朋友们所羡慕的悠闲自在吗?好像又不是。因为毕业十几年来,我几乎一直是每天早晨7时前起床,晚上11时后入睡。忙碌的工作之余,大部分的时间里是读书、写作、习帖、画画……可以说,一直没有懈怠过。

　　而我的悠闲,重要的还是心态,是心境吧。

　　说起悠闲,不由得想起捷克的谚语。他们说,悠闲的人是在凝视上帝的窗口。凝视上帝的窗口?多么浪漫可爱的捷克人民!多么可爱的悠闲!英国作家杰罗姆当是一个最懂得悠闲、最会享受悠闲的人,并且他还把他的"悠闲"写成一本书,让大家分享他的悠闲,就是那本著名的书——《闲人遐思录》。有多少次,我读着里面的文字,心里总是充满着轻松的喜悦。他幽默地说,悠闲好比接吻,一定要偷来的才香。自然,杰罗姆崇尚的悠闲是"忙中偷闲",在《谈悠闲》一文里,他如此说,"没有大量的工作要做,就不可能充分享受悠闲。假如无事可做,那么不干事就并无乐趣可言"。这话实在是耐品,富有思辨味,也道出了悠闲的"三昧"。

悠闲与忙碌，也是相对而言的。清人张潮《幽梦影》言，人莫乐于闲，非无所事事之谓也。闲则能读书，闲则能游名胜，闲则能交益友，闲则能饮酒，闲则能著书。天下之乐，孰大于是！张潮的话，颇契合我的心。张潮与杰罗姆所说的悠闲，可谓"英雄所见略同"，这是悠闲的境界。我所熟悉的江南才子王稼句，也是深得悠闲三昧的人。他编撰、著写作品几十种，可谓著作等身，为编撰而阅读的书籍更是无以计数，你能说他不忙碌？但你读他的文字，又会感觉得到他的娴雅，娴静，闲适。他的文字是从闲处来。没有悠闲的心境，怎能写出如此雅净、如此可爱的文字？

佛家常讲境由心造。我最喜欢佛教的一些观念观点，虽然唯心了些，但于人生于世事却是大有益处。心境悠闲，才能事事从容。或者说，从容，才能悠闲。此中，关键的是，一个人的内在——心态。心态从容了，便可以在工作做事中时时保持淡定从容，便可以如张潮所言"闲则能读书，闲则能游名胜，闲则能交益友，闲则能饮酒，闲则能著书……"

这几年，自己时常也颇觉得日子过得悠闲，也是应了佛家的那句话——境由心造。虽然，也曾为稻粱而辛苦奔波过；也曾为改善生活困境而加班加点地工作过、奋斗过。但工作之余，大部分的时间里是读书、写作、习帖、画画……这样十几年的坚持和保持，我不仅一点也没有觉得苦和累，反而还觉得乐此不疲，甘之若饴。关键还是心态。我是一直以悠闲自在的心境、平和恬淡的心态来做这些的，没有人逼迫，只是喜欢，是孔老夫子所说的"乐之者"也。而且，读书、习字的好处是一天里零散的时间都可以收集起来，有效地利用，所谓自适其适，得悠闲之趣，得生命的大自在之境。

悠闲是一种心境。享受悠闲，就是享受一种美丽淡定的心境。芸芸众生，大都为忙所累，为忙所苦，没有了悠闲的情趣，失去了悠闲的心境，实在是可惜。不妨学学我们的古人。我们的古人最会享受悠闲，善于体会让生活、生命的节拍慢下来的境界。著名将军岳飞懂得享受悠闲之趣，戎马倥偬之际，他还能够写下壮怀激烈或忧思缠绵的长歌短调；宋代苏东坡仕途坎坷，多次贬谪，但他于颠沛流离之中仍不失赤子之心，常处逆若顺，于苦境中

享受闲适之趣，体味悠闲之深味，他一生写下的大量的诗词文章、书法等作品，实在也是他善于享受悠闲的产物。

悠闲是一种生活态度，享受悠闲，就是细细体味、珍爱生活中的枝枝节节。虽然网上购书已经非常方便、快捷，但是我还是愿意每个月抽出半下午的时间，坐了公交车去文化市场购书，我喜欢一个人在书店里悠然闲逛的感觉，人们常讲起"人场""气场"，那么书店里众书云集是不是也有一种"书场"？反正我是喜欢书店里的那种"书场"，在里面看看这本，翻翻那本，摸摸那本，选中喜欢的，放在腋下；已经买回家的读过的，在书架上遇见了，那是老友相逢的亲切；没有阅读过的、陌生作家的书籍，那是新朋友，有一种期待相识的吸引；向往已久的作家的书籍，偶然在书架上撞见，那是众里寻他千百度的惊喜！

悠闲是一种人生境界，享受悠闲，就是享受一种从容自若、宠辱不惊的自然自在之境。启功先生曾写有一联，内容为：能将忙事成闲事，不薄今人爱古人。能将忙事做成闲事的人，当是人生的大境界、好境界。也非一般人所能修炼得到的吧。写此联的启功先生当是一个。

唯愿我等，在平常的日子里慢慢修炼，品味悠闲，享受悠闲，享受生命的大境界，好境界。

梳 头

杨柳芳

那天，从毛经理办公室走过，看见毛经理向我招手，我就进去了，他八岁的女儿毛毛在沙发上剪纸，头发乱蓬蓬的，毛经理说，小盘，瞧我家毛毛的头发乱成那样，我怎么也梳不好，你试试看。

我说好的，然后就从裤兜里掏出自己的梳子，为毛毛梳头。

毛毛的头发又细又多，而且长短不一，两个旋儿长在头顶后方约 3 厘米处，而且一长就长了两个，这样的发质和结构梳起来着实不易，待我把左边的头发捋起，右边的头发又滑了下来，右边的捋起，左边的又滑了下去，好不容易全部都捋起来了，那两个旋儿向我干瞪着白眼，甚是难看，我索性又把头发放下来重新梳，这回我刻意把旋儿周边的头发拨过来挡住"白眼"，没想扎起来后却因为头发不能顺着生长方向拢在一起，而呈现出凹凸的"鼓朵苞"奇观。

梳了好半天，毛毛耐不住了，哇哇乱叫起来，毛经理看着我笑，他说，行了，小盘，就这样吧。我挠挠头不好意思起来，我说：毛经理，真不好意思，我还真没给姑娘梳过头发。毛经理点头道，嗯，已经很好了。

现在需要说明的一点是，我不是姑娘家，我是一个刚大学毕业的小伙子，让一个从没有给别人梳过头的小伙子梳小姑娘的辫子，虽不是难事，但也不是件易事，更何况是毛毛那样的头发。

回到家后，我把这事跟小妹说，小妹哈哈地笑，她说，哥，你平时那么机灵，怎么那会儿就笨了呢，头发多，不一定非得扎一个辫子才行呀，可以扎几个呀，旋儿处扎一个或者两个，下面的头发再扎成几个，最后几个再捆一起，不成了吗?

我拍拍头骂自己笨。

小妹又说,几个小辫子再配上不同颜色的胶圈,嘿!保管好看。

第二天再路过毛经理办公室时,毛毛还在,头发还是乱蓬蓬的,我主动进去给她梳头,我一边梳一边问毛毛,放暑假去哪儿玩了呀?毛毛说,哪都没去,妈妈出差,爸爸上班,没人带我去玩。我说,去我家玩吧,我家有个姐姐,她也放暑假了,她可以和你一起玩。毛毛"耶"了一声,高兴得手舞足蹈起来。

梳头的事就在这样高兴的气氛中结束了,毛毛对着镜子左看右看,直呼漂亮,还嚷着让毛经理给她照相,毛经理向我竖起了大拇指,他说,全公司的人基本上都给毛毛梳过头了,没哪个能像你这样的。

之后的事是怎样发生的?大家可能也料到了,在毛毛放暑假的那段时间里,我成了给她梳头的专业户,当然了,这个梳头的任务不是毛经理让我做的,是我自己要做的,因为这样的主动性,我又被公司的某些人说成了"马屁精"。

毛经理是证券部经理兼董事长秘书,这样的职务让我扣上"马屁精"的称号,也不足为奇,但我还是坚持下来了,直到毛毛回校上课。

再之后的事大家也可能料到了,我后来被公司提拔为销售部主任,用公司领导的话来说,他们说我是个注重个人形象(裤兜里装梳子)、注重开发客户心理(引导毛毛去自己家玩)、有钻研精神(梳头失败后没有气馁)、主动性强(主动给毛毛梳头)、有主见、贯彻性强(没有因为"马屁精"称号影响自己的行为)的有为青年。

寒假的时候,毛毛又出现在毛经理的办公室,于情于理,我都应该继续给毛毛梳头,但由于销售部任务较为繁忙,而且销售部和毛经理办公室不在同一幢楼,为了梳头的事耽误了工作极为不妥,我后来就向毛经理解释,我把想法告诉他之后,他说,没事没事,现在给毛毛梳头的人太多了,有时一次还来了两个。

我听了呵呵地笑,我说,看来准备有人被提拔为销售部经理了。

毛经理听了也呵呵地笑。

我是在毛毛开学前一天去看她的,当时她的头发已经梳得相当漂亮了,我说,毛毛的头发梳得真漂亮,谁给梳的? 毛毛说是王阿姨。我又说,毛毛自己会梳了吗? 毛毛说不会,后来我就手把手地教毛毛梳,来回地梳了几遍,毛毛终于学会给自己梳头了,当时,我乐,毛经理也乐,毛毛更乐。

金融危机来的时候,大家心里都极度恐慌,房子卖不出去,谁都有被炒鱿鱼的可能,然而让人想不到的是,最终被炒鱿鱼的名单里,竟然都是寒假期间忙着给毛毛梳头的同事们,而我的职务却被提升为销售部经理。

大家不解,连我也不解,后来毛经理向我解释,一个没有创新精神,只会从个人角度去想的人,留在公司里还有什么用?

再后来的事大家可能也想到了,毛毛再次出现在毛经理办公室的时候,公司里很大一部分同事都打电话过来咨询我:"毛毛这头是该梳? 还是不该梳?"

那会儿,我也哑然了。

学艺

杨柳芳

师傅不高,精瘦,黝黑,额头锃亮,脸上刻着粗条的皱纹。

师傅揪下一块面团,往案板上一掷,说,看好了,一遍过。

我盯着师傅的手不敢离开半步,师傅把面团一压,一揉,"啪"的一声又把面团翻了个身,再压,再揉,来回几遍后,师傅一个拳头往面团上捶几下,说,好了,吃劲了。

师傅把面团搓成环状,师傅的手在环上顺溜溜地滑,一遍、两遍、三遍,环一下子就匀称了,师傅把环往案板上一摊,一刀下去,环变成了条,再"剁、剁"几刀,条又变成了段,长短一致,粗细均等的段。

看好了! 这是关键。师傅的声音像警钟,铿锵有力。

我"嗯"了一声,眼睛眨也不眨一下。

师傅的手鼓成蜗牛状,在面段上一点点地滚动,一滚、两滚、三滚,面段就变成了光溜溜的堡垒。

师傅说,这是馒头。

我"哦"了一声。

师傅又说,做人有时候就得像个馒头,外圆内实,咳……师傅清了清嗓门,又说,人太尖锐,没人喜欢;太虚,更讨人嫌。

我点点头。

接下来教你做花卷。说着,师傅又取来一块面段,手掌往面段上一拍,段矮成个桩,继而擀面杖往桩上来回压几遍,桩又变成了饼,师傅在饼上洒上葱花、肉末,把饼一卷,再竖成条,一压,一扯,一扭,就变成了花卷。

这花卷,绿色葱花、红色肉末、白色面衣,螺旋式花纹,甚是好看。

师傅又说,人有时候还得像个花卷,要学会变通,直的路走不通,就走弯的;弯的路还不通,就要学会回头,好马也会吃回头草。

我又"哦"了一声。

对面两个师姐,大燕和小燕,嘿嘿地笑。

大燕 30 岁出头,脸白得像手里的面团,眼睛拉成一条细线,线一扯,陷进眼窝里,不见了,大燕说,这可是绝活,别看着简单,我跟了师傅差不多十年,还不上手哩。

小燕二十有五,嘴巴厚成两片香肠,涂上唇膏,油亮亮的,小燕也跟着说,是啊,小芳,用心学啰。

我连连说好。

我手笨,学了几天,馒头还是揉不好,揉成了死面,揉成了黑团,揉得心底里直喊娘,师傅说,不急,不急,慢慢来。

馒头、花卷、豆沙包、水晶包、窝窝头……我点着各色品种,默默记下了。

师傅一声,上笼。大燕就麻利地跳上灶台,小燕做帮手,一个个地把蒸笼递过去,半刻钟,香喷喷的馒头包子就出笼了,这是南铁馒头,在南宁是出了名的,以实、软、劲、香、足的特点,几乎垄断了整个南宁市场。

虽说会做馒头包子的人很多,可要做成像师傅这样的,还得找到真窍门,而这窍门,师傅从不外传,大燕在宿舍里说过,师傅是势利眼,他的手艺只留给自己的儿子。

大燕和小燕常在宿舍里议论师傅的不是,可在饭堂里,大燕和小燕叫师傅叫得比谁都甜,我不是滋味,我不喜欢说人家闲话,特别是师傅,师傅多好啊,教我手艺,教我做人,还教我识别假钞。

每天下午 3 时刚过,做好的馒头和包子就被放上手推车,拉往文化宫卖,师傅、大燕、小燕、我站成一排,在钱和馒头之间交替着,忙时,谁也顾不上谁,动作不麻利,还会挨顾客骂,我起初挨过几回骂,收过两回假钞,师傅没追究,可是第三回,师傅发话了,说,谁弄的假钞,站出来。

这回我没站出来,大燕和小燕用一种惊讶的眼睛盯着我看,我一阵紧张,支吾着说,我……不……这回不是我。

大燕和小燕又嘿嘿地笑,师傅长叹一声,眉毛凝成了结,想要说什么,看了一眼大燕,又把话咽了下去。

大燕似乎明白了什么,脸一转,走了。

师傅的馒头出事了,那天的馒头放倒了一片人,据说是因为馒头里放了不干净的东西,老板追究下来,大燕和小燕都说那天正好请假,不太知情。轮到我时,我说,那天我和师傅在一起,可是我们没有放不干净的东西。

老板不信,眼勾勾地盯着师傅,师傅有口难辩,师傅说我做了一辈子的馒头,要下毒早就下了,何必等到现在。可是事实摆在眼前,师傅再怎么辩也无法推脱掉责任,所幸没有造成人员伤亡,但师傅还是被老板给炒了,大燕顺理成章地顶了他的位置。

师傅走那天,把我叫到跟前,师傅说,看好了,一遍过。

师傅把老面揪成小块状,一点一点地往面粉里掺,温度计往水里一插,25 ℃,师傅嗯一声,又说,看好了,这是关键。水慢慢地流入面粉,师傅打开搅拌机,面和水慢慢地混合……

师傅丢给我一个本子,师傅说,拿回去慢慢研究,有什么不明白的再找我。

本子上密密麻麻地记载了师傅几十年来的经验,我惊愕地看着师傅,师傅抹一把脸,皱纹被抹开了,他拍拍我的肩头说,大燕跟了我差不多10年,什么都学得快,就是没学好做人。

老冰棍

许冬林

那时候,他和她是青梅竹马的一对小人儿。梅雨刚过,阳光在水桦树的叶面上随微风翻滚,像新擦出来的一件瓷器,明晃晃,灼人的眼。午后,他和她不睡午觉,瞒着大人,往蝉鸣沸腾的地方去。

也是听大人们无意中说起,三个蝉蜕拿到镇上的中药房里就能换一分钱,他就悄悄告诉她了,相约着一起去捡蝉蜕。第一天,他们很快就在树根旁的草丛里捡够了 30 个蝉蜕。然后在黄昏,他牵着她的手走到了镇上的中药房。两个小人儿不够中药房的柜台高,他抱起她的腿,把她的一张小脸举到了柜台上。他们得到了一毛钱,幸福无比,出了中药房,买了两根冰棍,一人一根。她说,冰棍真好看,像奶奶手上的玉镯子,清亮亮的,又像弯月亮一样白,真想天天可以吃。他说,行,我们明天还捡! 两个幸福的人,一路说着,回了家。

后来,他们又往中药房里跑了好几天,每次都是 30 个蝉蜕,换一毛钱,再换成两根五分钱的冰棍。中药房的阿姨喜欢上了这个脑袋瓜趴上柜台的大眼睛女孩,后来收了他们的蝉蜕,还要逗她几句。再后来他们的秘密被其他小孩儿知道了,于是大家都捡,僧多粥少,自然,想凑够 30 个很难。每次她都捡不了几只,可他变戏法似的,一个转身就是几十个。别人没有冰棍吃,他们还有,于是她牵着他的手,感到骄傲而幸福。

后来夏天过了,但她依然开心,仿佛一个夏天冰棍的甜都屯在心里了。然后上学了,一道去,一道回,书包重了他替她背。夏天再到的时候,他们就一道儿又去找蝉蜕。中药房的阿姨爱极了这个伶俐漂亮的丫头,要把她收

作干女儿,留她吃饭,却没注意到柜台下面还有一个脑袋。

两个人一路要好着读完小学,读完初中,升高中。只是,都是家境不好的人家,底下都有好几个弟妹,他辍学了,外出打工。她勉强在高中读书,是当年的中药房阿姨——后来的干妈站出来了,拿了学费,供她读书。

暑假的时候,他再不会和她一道捡蝉蜕了。她也再没吃那冰凉清亮的冰棍,分外落寞,写信给他,问他,为什么当年别人都捡不到蝉蜕了,而他还能捡到那么多? 他回信说,这是秘密,如果有将来,他再慢慢告诉她,把一辈子的爱磨进去,掺和着,等将来为她揭开谜底。

只是,他们没有将来。

她高中毕业后,干妈家来人提亲,她老实厚道的父母赶紧答应,3年的高中学费都是干妈家出的。他们不敢征求女儿的意见,怕她不答应。毕竟,也是一户不错的人家,在镇上开着祖传的中药房,嫁过去,将来还可以接济娘家的弟妹们。

她哭。她写信给他,他没有回。她嫁了。

婚后,日子安稳。夏天到了,她站在柜台前忙活,接过婆婆手里的那杆秤。丈夫递给她一盒奶油冰激凌,她说,她想吃从前的那种简单的冰棍。丈夫笑了,说,现在哪找那种古董!

可是,就有那种东西。在镇新辟的工业区里,就有一家名为"老冰棍"的冷饮制品生产厂家。

十几年他乡闯荡后,他终于回乡创业了。在工厂生产的名目繁多的冰激凌中,只挑了一盒老冰棍,托人送给她。随盒附了一封信,说,收到当年的那最后一封信时,她已结婚半年,信是同乡过年时捎回来的,因为,他之前刚离开打工的地方。在外漂泊不定,他没敢给她写信,只等着过年回来,哪知道……他说,那个找蝉蜕的秘密他原本打算用一辈子说给她听的,如今已经没有必要。其实很简单,就是一个人早点出发,去更远的地方,爬进黄麻地,蹿上更高的泡桐树枝,找了蝉蜕,一个人揣着。等到牵着她的手一起找时,一个转身,趁她不注意,全倒出来了。他希望她天天有冰棍吃,却不至于太受苦。

　　信只说到这里。至于后来,他早早出去打工,想挣钱,造漂亮的房子,隆重地娶她。就好像小时候,他早早出发,去很远的地方……然后一个转身,变戏法似的,弄出很多让她开心的东西。这些,他没有说。他想,她是懂他的,包括他的痛。虽然,最后他一个转身,去很远的他乡,再回来时,不见了她,不再有她和他一起吃那清玉一样的冰棍。

　　她剥开老冰棍菊花黄色的包装纸,露出的是一块长条形白璧一样的冰棍,淡淡的白,淡淡的清,只是形状似乎比当年的瘦了些,像沉在水底的白月牙。此时,楼外的蝉鸣一声声穿过厚重的枝叶丛,直往云霄处去,执着、热切、强劲,仿佛千万颗跳动的心。她想起蝉其实是一种寂寞而充满悲情的昆虫,在黑暗的地底下沉默多年,只为了最后在枝上那一季的深情表白。蝉的前身是中药,瓦罐里温暖的中药,但是没有后来,后来那是另一种薄衣过残冬的结局,很少有人问过。就好像她此刻手里的老冰棍,结局也可以是,化成了一纸的泪。

人生中珍贵的历险

纪广洋

一

人生的长河也像自然的河流一样,有无数的激流和不可预知的险滩。有关河流的危难和记忆,从孩提时代就开始了。

村北有一条清澈见底的洙水河,每到夏天,这里便是村民们游泳的好去处,浅浅的河滩也成了儿童们嬉戏玩水的好地方。

大约在我八岁那年,刚学会凫水的我与另外两个去年就会凫水的小伙伴,仗着河里有大人,竟约好一起凫过河去。

说实话,我当时是有些害怕的。要不是他两个邀我、激我,我是万万不敢横渡那条河的,尽管它不是太宽。

我们仨学着大人的样子,横着排成队,以初生之犊不怕虎之势奋力凫向彼岸。可当我们好不容易游到河心时,我早已筋疲力尽了,眼看着河水由浅地方的"绿"色渐渐变成深地方的"黑"色,我感到极度的恐惧和紧张。但我马上意识到,既然已游到河心,就是返回也省不了力气。于是,我把头一闷拼命凫向对岸。当我被呛了几口水,胸发闷、眼发涩地终于爬上对岸时,我发现在我身后接着上岸的,已不是那两个小伙伴,而是两个异常紧张的大人。

原来,当我们三个小子咋咋呼呼地游到河心时,大人们看我们很吃力的样子,便大声惊呼,让我们回去。力气和游技最差的我,因为过度紧张和只

顾全力搏击，没能听到大人们的召唤。而那两个小伙伴听到喊声后，在仓促返回的途中，面对相继游过来救援的大人们，反而失去毅力和信心，双双在即将溺水之际被大人们捞上岸。

我从此征服了那条河，常常往返地畅游着。而那两个小伙伴，在之后的很长时间里，再不敢有凫河的想法。

这次的凫河经历，泅渡成功、绝处逢生的不仅仅是我的生命，还有我的信心、毅力和观念，也为另一次的踏冰过河打下了心理基础、埋下了希望的种子。

那是我刚上中学时，一个雪花飘飘的午后，我再次抄近路去学校，通过一条早已结冰的被称作"老牛湾"（洙水河的支流）的小河。隆冬以来，我几乎每天都从这条小河上往返着滑冰而过。而今天由于地面上、冰面上都蒙上一层厚厚的雪，我已辨不清哪个地方冰薄哪个地方冰厚了。而冰薄的地方，水反而深。再加上下雪之前的气温比较高，冰层也不如原来坚固了。当我怀着一种侥幸心理小心翼翼地走到河心时，"咔嚓嚓"几声惊心裂胆的炸响，自我的脚底向远处延伸着。我霎时惊呆了，意识到在这荒郊野外坠入冰窟的可怕后果。在这千钧一发之际，我立马想起儿时勇敢渡河的经历，也随之想起"狗咬别跑，凌炸别怕"的民谚来，求生的欲望和经验的条件反射，促使我以冲刺般的速度向对岸飞奔。

有惊无险的一幕再次出现了——当我腾云驾雾一般地跑上对岸，转身望望我跑过的地方，冰层已在我的脚下纷纷碎裂，清冽的河水正颤抖着漫上碎冰，冲击融化着上面的积雪。我长出一口气——如果稍微犹豫一下……

后来，在人生和事业的紧要关头，我常常想起这一次又一次的历险。

二

人的一生，许许多多的伤害和危机，还往往与其他的动物有关。童年时被马踢飞而大难不死的记忆，以及最近与蛇群短兵相接、斗智斗勇的经历，

让我对生命本身和赖以生存的环境又有了全新的认识。

先说说童年时期与马的过节和遭遇吧。那是在我四岁半时，一个阳光明媚的夏天，我见大些的孩子们用一根马尾上的长毛缩成一个活扣，再固定在一根长棍上，就可以套蜻蜓。就天真无知地跑到一匹马的屁股后面，想薅它尾巴上的长毛。就在我刚一动手时，那匹在柳树下拴着的高大英俊的青骢马，抬起右边的一条腿，噌的一下将我弹飞，而且弹得特别地高、飞得特别地远，我懵懵懂懂地就落在大街对过的一个麦草垛上。更令人气愤的是，当我爬起来、揉揉肚子，在垛子上无法下来、大呼小叫时，那匹马竟装着听不到，连头都不回。后来，当路过的二叔将我从垛子上接下来时，听我一说，脸都吓青了。他先是反反复复地查看我的肚子和腿，问我：这里疼不，那里疼不。在确认我无伤无疼后，他拎起一根长棍，大喝一声冲向那匹好像什么也没发生过似的青骢马……

后来，听大人说，多亏我当时离马的后腿特别地近，要是远些就绝对没命了；再者，我多亏落在一个高大的麦草垛上，要是落在地上、撞到墙上树上的，也够受的了……在各种各样的议论声中，我的名气在村里传开了。有的说我命大，有的说我大难不死必有后福，有的说是神仙保佑，因为附近就有一座古庙，我奶奶还去烧了香、许了愿……众说纷纭、莫衷一是。

我则认为是巧合。回眸生命之旅，除外力的拯救和自身的努力外，许许多多的经历和情节不就是在这巧与不巧之间的吗？

再回过头来说说不久前与毒蛇周旋的惊险一幕。那是今年盛夏一个细雨霏霏的日子，我作为特派记者，前往神农架腹地的一支地质勘探队的营地进行采访。当我赶到勘探现场时，正值中午时分，休息用餐的队员们正对钻孔里流出的浑血碎肉议论纷纷。有的说是钻头钻进了山鼠窝，有的说是钻头钻住了穿山甲，有的说是钻头钻进了蛇穴或大蟒……我也没太在意这些闲言碎语，与领队简单地聊了一会后，为不打扰队员们休息，就和他们一起躺在临时搭建的帆布帐篷里睡起午觉来（连日的奔波，我颇感疲劳）。

可是，就在我激灵一下醒来时，队员们已全部出工了，整个帐篷里就剩下我自己了。令人毛骨悚然的是，我的手腕上正有一条大青蛇爬动着、吐着长信，我本能地以最快的动作抽回手臂，并随之弹坐起来——我一下傻眼了，小小的帐篷里已到处是蛇，光我躺着的简易铁丝床上就有五六条。凭以往掌握的有关知识，我认定这些"不速之客"们全是有毒的，并且是受到了骚扰或伤害而集体出动的。我想起队员们刚才讨论的话题，看来是钻进蛇洞了。想到这里，我不禁大声呼叫起来，可是一点回声也没有。队员们出于礼貌，没叫醒我，他们全部到山坡那边的另一探点出工了。我接着去摸我的手机时，吓了一大跳——一条干瘦干瘦的小蛇正盘踞在上面。我用相机的长镜头去戳它，它也不跑，还把它的三角头高高地抬起，做出进攻的架势来。我一慌，无意间按动了拍摄键，刺眼的镁光一闪，那条小蛇像是受了惊吓，快速地爬到床的下边。可是，当我想借助相机的镁光驱散所有的毒蛇，逃出帐篷时，才知道这一招不是太灵，大多数毒蛇一上来似乎有点儿惊动，可是按上几次之后，它们就不怕了，有的还把镁光看成挑衅，吐着长信开始向我攻击。我赶紧抓起手机，拨通了领队的手机。他在电话中告诉我，千万不要乱动，尽量站在原地，并说外面的人员绝对不能靠近，那样只会促动毒蛇们进攻的势头，想脱身就只能靠我自己了。但他指给我一个驱蛇的办法，就是点燃香烟、衣物等容易生烟的东西，点的越多越好，并说枕头下面可能有火机、火柴，还说只要能点燃的东西尽管点，就是钞票也要点，还特别提醒我，千万不要把整个帐篷都引着了，那样就麻烦大了，蛇在无路可逃的关头会发起歇斯底里的进攻。

可是，当我小心翼翼地掀起那个用竹片编成的消暑枕头时，发现只有一盒火柴，火柴盒里只有一根火柴棒。而扁扁的烟盒里也空空如也。我手握唯一的火柴棒，就像抓着一根救命的稻草。形势所迫，既得成功地一次性把它划着，又必须顺利地引燃其他物品，并要保证燃烧物的连续性，直到把蛇群驱散。我先取出兜里的小本本(那上面全是我的采访记录)，撕下几页，再撕开唯一的烟盒，再掏空我的旅行包，再把我的衬衫、背心和长裤果断地扒下来，并准备好竹质的枕头、看好竹质的凉席。一上来绝对不能动凉席，因为凉席上就有多条毒蛇。我快速高效地思忖运筹一番,开始提心吊胆地划那根火柴。火柴成功划着后,我先引着纸张,再引着烟盒和衣物,然后把燃着的东西小心翼翼地放到床跟前的地面上,而且要保证既燃着又不要烧得太旺,确保烟雾的生成……就这样,当我把笔记本、背包以及塑料梳子、塑料牙刷、工作证的外皮等只要是能燃着的东西一一投进火堆之后,奇迹终于发生了——那些毒蛇很不情愿地一一退了出去,爬得不见了踪影。

我确信不再有危险之后,只穿着一条三角短裤非常狼狈、满眼含泪(许是被烟雾熏的)地走出帐篷时,领队和所有闻讯赶来的队员们,正在不远处万分焦虑继而万分欣喜地望着帐篷的出口,望着绝处逢生、哭笑不得的我。

我忽然觉着,当为了生存和活命,毅然摈弃身外的一切,甚至是一丝不挂地面对厄运时,这是一种特等的历练和深层的洗礼。当山重水复柳暗花明几番轮回之后,柔弱的生命自会变得坚韧刚强、粗糙的心灵自会锻炼打磨出绚丽的光泽。

绝处逢生,无疑是一种人生的命题和强者的宣言。

怀想那片花地

若 荷

怀想那片花地

若 荷

为了一种情愫,我常在漫山披了银装的冬天一再想念春天,想念三月的杏花或四月的桃花绽放得如云似霞,再围上心爱的浅绿色纱巾,携着孩子们的手,七色花般地簇拥着,一路歌唱,一路走过流水淙淙的小石桥,走过开满荠菜花的绿草地,再走过那片刚刚萌芽的杨树林。

尽管我们一路风尘,离家越来越远,但脚下毕竟是远郊的田坎了。我们站在簇新的田野里,回望身后遥遥林立着的高楼大厦,尘烟卷起的宽阔的马路,以及行色匆匆的车辆、人流,此刻我会长长地舒出一口气,很有点如释重负的轻松,脸上流露出惬意的笑。这笑常会使不谙世事的孩子们用疑惑的眼神看我,而后也去回望那我们所生活的地方。"到处像在冒烟。"其中一个孩子说道。

其实这种现象对于他们来说已经司空见惯,他们或许早已适应了周围纷扬的灰色烟尘和喧嚣,他们不会意识到我这个年龄的人心中对于田园有怎样的情感牵绊。于是我就想,在三月抑或四月春暖花开的时候,乘一辆中巴,带领他们远足春天,走向原野,远些,再远些,在他们面前展示一下散发着芳香的绿草地,喧响在梦里的小河流。

记得十几年前,我还在一所山区小学里任教,春暖花开的日子里,经常带一群孩子去踏春。山区的田园离我们很近,出了路口不远就是平整的田畦和草长如茵的山野。山区的孩子顽皮,一挨土地,他们就会毫无顾忌地尽情在上面翻转打滚,搬起脚来玩"拐拐碰"的游戏,他们对泥土自然流露出的亲昵举动令我深深地感动,那一张张写满陶醉与满足的笑脸让我久久不能

忘怀。

还记得，我席地而坐，挤在他们中间，让孩子们亲着我、暖着我、簇拥着我。我们从地边采来各种各样的野花放在手里一遍遍摆弄着，浅紫、粉红、金黄，一样一样挽成几把，跑到溪边，挖来湿泥，仔细地把它们捏在一起浸入水中。好动是孩子们的天性，他们从溪边捡起石子，再抛向平静的水面，当一枚枚石子在水面砰然溅起朵朵水花的时候，草棵里猛然惊起无数只觅食的小鸟，仓皇地掠过水面冲天而去，那一刻，孩子们挥舞着他们稚嫩的手臂，欢呼雀跃，那是我看到的最为快乐的场面。

我喜欢听孩子们那充满稚气率真的笑语，我喜欢看孩子们那对任何事物都充满好奇的眼神。当孩子们的眼中跳跃着欣喜，歌声里飘荡着欢乐的时候，我亦为此而欣慰。山乡的自然风光陶冶着我们，清新欲滴的空气令人心清志明、身心舒畅，山乡阡陌的田园更使我的一腔心绪柔软若风、静止若水。

后来的日子，为了离家近一些，我离开了那个小学，到几百里之外的一家单位工作，蜗居城中，再不能随心所欲地和孩子们一起踏春了。行走在喧杂拥挤的街市，踏着洁净的马路，让风飘起长发、曳起颀长的裙裾，每日里被繁文缛节和纷争围困着，手头上是重重叠叠永忙不完的琐事，城市里的快节奏令我行步踌躇神色空茫，寂寞时便倚在泻满月光印着满天星斗的窗口，散漫而又美好地回忆着。

一种幻境浮现在眼前——走在乡间曲折的小路上，周围的山岗林密绿浓。身旁是潺潺流淌的小溪，沿岸而来一群晚归的羊群，追逐着，牧童扬起手中的鞭儿，于空中，甩出清脆的一声炸响……山道旁，一蓬低浅的蒲公英正开得喜悦，如向日葵般的花朵耀着太阳的金黄；抬起手，便可摘取几片滴翠的绿叶；俯下身，就能掐起一捧无名的花草，而我的心中正盛开着一瓣爱的心香，那里面盛满了童年采撷不够的新奇与幻想……怀想那片花地，恬静宁馨的感觉幡然升起在心头，明净的心田顿时充满灿烂的阳光！

哦，令我不能忘怀的，还有山村低矮的石墙围起的那所简陋的教室，夏

天,女孩子会采来各种山花插满我的小屋;而到了秋天,男孩子则会摘来一大把的山果冷不丁地塞进我的衣袋。曾记得那个名叫"狗儿"的男孩子,他是那么的调皮,他总是不知从哪里摘来几把红艳的山枣,满满地握在手里,等我踏着悦耳的铃声走进教室,握着的小手朝我面前一伸:"喏,老师!"

还有那个不久前从遥远的城市寄来贺年卡的女孩,因为不是男孩而被家里人叫作"多多"的女孩儿,那个上第一堂课就被我愤愤不平地把作业本上的"多多"两字改为"朵朵"的瘦小的女孩儿,两年前几经努力终于考取了远在西部的一所重点大学,实现了她多年的梦想的女孩儿啊。"喏,老师!"这样的画面经常重重叠叠地在我的脑海里出现。

蓦然,我意识到,长期以来郁结在心中不能释怀的那片花地,不仅是春光明媚的田园,不仅是清新自由的山野,还有如山花般烂漫成长着的孩子们啊!

而如今,每日里行色匆匆,除了工作心田里溅不起几朵浪花,生活单调得近乎板结,脚下每踏出一步,都是高深的楼宇,心灵也在钢筋水泥铸成的框架里逼压着,我呼吸不到新鲜空气,金钱、利欲、虚伪刺痛着我的眼睛,我看不清人们微笑下面真实的面孔,我彷徨在我所陌生的这个环境里,寂寞的心田再不会歌唱,只有在夜深人静的时候,怀想着那片花地,回忆着与孩子们在一起的丝丝缕缕的往事,独自沉默良久,一切仿佛就在眼前,一切又都是那么遥远。于是,每当春天来临,我都会携着家人,走向田野。尽管我们一路风尘,但脚下毕竟是远郊的田野,那里栽种着成片的桃树和梨树,我们哼唱着一首简单的童谣:"三月桃花开,四月梨花败……"

偶尔在春深时节,我还会独自漫步到田野深处,觅得清静一隅,不止为看风景,只为踏一踏那被春雨濡湿了的松软的土地,得到一丝即便是暂时的宽慰和感动……

第六辑

一生的守护天使

　　黑暗中,他的听觉变得异常灵敏,甚至能听到一朵花开放的声音。有一天,他听到角落中传来细微的"噼啪"声,于是摸着墙壁走到了角落里面,他伸出手轻轻触摸过去,发现那儿有一盆植物,一股温润的香气随着他的触摸在空气中弥漫开来,那是一种淡淡的无可名状的味道,像光明的味道。

也提旧上海

许冬林

　　丰子恺先生的散文和他的漫画一样,用笔朴素简练,却又生动传神,往往寥寥几笔,即已情趣尽至。近读他的一篇《旧上海》,常常为他笔底下勾勒出的尴尬世相而忍俊不禁,感慨横生。

　　最可笑的要算是他写的旧上海的游戏场。有那么一个冬天的晚上,一个场子里变戏法,观众肯定是里三层外三层地围着观看,好不热闹。戏罢散场的时候,一帅哥猛男级别的看客惊呼起来,原来他漂亮的花缎面灰鼠皮袍子,后面被人剪去二三尺见方的好大一块,只剩一个空荡荡的屁股头在外面受着寒风,当然,裤子还是在的,裤子外面还有一片笑声送这个倒霉蛋瑟瑟地走出游戏场。花缎和毛皮都是值钱货,这么一大块好料子剪回去,当然能派上一定用场的。只此,旧上海的偷盗功夫可见一斑。

　　旧上海的小富人,在游戏场里玩乐,面临的尴尬当然不止于此。还有一个就是怕热手巾,所谓手巾就是现在呼之为毛巾的那东西。还是转一截丰先生的原文来乐吧,别嫌长:

　　　　这里面到处有拴着白围裙的人,手里托着一个大盘子,盘子里盛着许多绞紧的热手巾,逢人送一个,硬要他揩,揩过之后,收他一个铜板。有的人拿了这手巾,先擤一下鼻涕,然后揩面孔,揩项颈,揩上身,然后挖开裤带来揩腰部,恨不得连屁股也揩到。他尽量地利用了这一个铜板。那人收过揩过的手巾,丢在一只桶里,用热水一冲,再绞起来,盛在盘子里,再去到处分送,换取铜板。这些热手

巾里含有众人的鼻涕、眼污、唾沫和汗水，仿佛复合生素。我努力避免热手巾，然而不行。因为到处都有，走廊里也有，屋顶花园里也有。不得已时，我就送他一个铜板，快步逃开。

读到此处，我终于憋不住，笑了出来，仿佛盛足了硬币的小猪储蓄罐，掷地碎了，一屋子的稀里哗啦声滚动跳跃。看客的不堪，小人物的猥琐，表面繁华里窝藏的污垢，混在一处发酵成另一面的旧上海。

此前，我从一些旧字里滤出来的旧上海是极其奢华，极其脂粉的。看无声电影，也叫默片来着，看"悲剧女王"阮玲玉的悲欢离合；就着留声机，听周璇的歌，《夜来香》《何日君再来》《天涯歌女》。还有风情万种的旗袍，20世纪二三十年代，那旗袍还长及脚踝，典雅的盘扣从领子到腋边，再到腰间，到膝盖处，一路婉约而下。到了三四十年代，在时尚的前沿，旗袍已短至膝盖，露出一双玉腿在大世界的门前海报上妖娆，并且开始烫卷发，提精致的小手袋，像一张古色古香的画，镶了华贵的西式木框。人们用"三星"牌牙膏，抽"美丽"牌香烟，穿长衫的小市民们在街巷里来往，目光开始频频撞上路旁的广告招牌。王开照相馆生意红火，电影明星和上层贵妇小姐常常在那里拍生活照和艺术照。

年初，我去池州，主人殷勤，将晚宴设在"昭明渔港"。这是一处临江的大酒店，进得正门，便是大厅。那大厅真是一个小小的民间博物馆，里面收藏着各式20世纪30年代前后旧上海上层生活的物什——老式电话机、老式打字机、老式留声机……那留声机，打开来，放上已划有旧纹的老唱片，一段咿咿呀呀的京戏便在大厅里绕开来。那个年代的繁华和寂寞，像暮色里的飞尘，四下里弥散开，然后一层层覆盖，直至心底。那个年代的高档消费品，经过多少双手抚摩、收藏、辗转，此刻静默在眼前，曾经享用过它们的那些佳人呢？旁边的墙上悬挂着许多画框，都是旧上海的女电影明星们，胡蝶、周璇、阮玲玉……一个个红唇玉齿，粉面桃腮，见证着旧上海的乱世繁华。

而繁华背后呢？在灯光、舞台与华美的服饰后面，各自有过怎样的过

往？如今，隔着时光的海遥遥地望去，看见的，也不过是繁华尽头的一个个伶仃的身影。

那个以一部《挂名夫妻》成名的阮玲玉，在电影的"默片时代"，是受万人追捧的"悲剧女王"，可是夹在张达民和唐季珊两个男人之间，最后丢下一句"人言可畏"的感慨，仓促走完只有 25 岁的精彩又苍凉的一生。叹世道人心，弄人！

我怎么都没有想到，有"民国第一美女"之称的电影皇后胡蝶，还有过那样不堪的一段经历！抗战时期，她和丈夫潘有声在香港生活，上海失守，但他们一家在香港依然相守着自己的太平日子。只是后来，胡蝶回内地为了寻找丢失的 30 箱珠宝时，竟结识了特务头子戴笠，并且从此夫妻分离。她从此被迫与戴笠同居，过着富贵却是幽禁的日子，直至戴笠乘飞机遇难，她才重获自由。她后来的回忆录中，对此番经历只字不提，这该是她光艳一生里藏在暗处疼在暗处的疤吧，提不得，更示不得人。

而周璇并不漫长的一生，也是华衣底下灌着凉风的。她有"著名影星""一代歌后"之称，可是一生里的 3 次婚恋，竟也是不能善终。她的第一个男人是严华，1940 年两人决然离婚。第二个男人是绸布商人朱怀德，与她同居怀孕，但朱不肯承认她肚里的孩子，自然不肯给她婚姻。第三个男人是唐棣，两人育有一子。可惜还没等到结婚，唐因为一些并不好听的罪名被判刑，再释放时，她已经住进了精神病院。其中的纷扰真假，外人是难嚼清的。多少年后，伊人早已不在，唐也是华发丛生，被问及旧事，唐只说自己是"身似枯木、心如死灰的二世人"。多少事，都已经是说不得了，像沉江了千百年的木船，捞不起。

即便是这些当年红遍上海滩的红粉佳人，于她们，繁华也不过是一场绮丽的春梦，终是敌不过梦醒后现世里的凄风苦雨。

旧上海，旧上海，剪不断的一个情结，多少回，隔着遥远时光的我们，在书里、在屏幕里追寻它当年的奢华与颓废时，何曾真正体味过那些在旧上海幽暗和明媚处讨生活的人？繁华，最终都是别人的！对于丰先生笔下的那

些蝇营狗苟的辛苦小民而言,繁华属于对面的灯光处或舞台上的人;对于那些舞台上受万人追捧的女明星们,繁华终要落幕,终要转手给后来者。他们和她们,都是旧上海这个大都市的辛苦的过客,莫问根在哪里。

你是谁的珍宝

卫宣利

他简直是全世界最忙的人。他是一家公司的老总,资产过亿,分公司几乎开遍各大城市。每天,他的日程都安排得满满的,上午在北京,下午就飞到了深圳,晚上又到了青岛。各种应酬、谈判、交易,每日与各色人等周旋,他忙得人仰马翻,甚至连安静地陪老婆孩子吃顿饭,都成了奢望。

他一直以为,自己是最重要的那个人。那么大一个公司,几千人要靠他吃饭,他是核心,是精神,是灵魂。一旦离开他的运作操控,业务中止,资金断链,员工失业,公司可能立刻就会面临瘫痪……他不敢想。所以,这些年来,他就像一只陀螺,被无形的鞭子抽着,不停地旋转,旋转。

妻子是个温柔贤惠的女人。结婚10年了,她一直站在他后面,为他养儿育女,替他侍奉双亲,老人生病,孩子升学,兄妹矛盾,亲戚纠葛,全是她一手处理。而且,处理得妥帖,周到,分寸拿捏得恰到好处。她把他身后那个家,打理得圆圆满满,从来不用他操心费神。他只顾在外面策马扬鞭,驰骋纵横,攻城略地。然后,把大把的钱交给她。

一度,他在外面志得意满,酒醉之后,被一帮人吹捧得无限膨胀。回到家来,面对着素衣清颜的她,难免会大放厥词,说自己如何重要,没有他的帮助,A的公司就要破产,B的人生会跌入无尽的深渊,C也许一辈子都走不出那个小山村……似乎离了他,地球都要停止转动。

她听了,也只是微微一笑,照例给他洗脸,换衣,喂他喝醒酒汤,照顾他睡下,再去清理他吐的秽物,把衣服洗净烘干熨平。第二天他醒来,孩子上学走了,老人出门锻炼,家里安静清宁,温热的洗澡水,白粥咸菜,还有圆润

温柔的她,陪着他一起吃早餐。吃完后,他眼明神清,精神抖擞地去公司。

他以为日子会这样波澜不惊地过下去,直到那天,他和客户签完合同,站起来时,突然眼前一黑,世界就在眼前消失了。

从昏迷中醒过来时,他的世界仍然是漆黑一片。强烈的消毒水的味道,让他意识到是在医院。可是,他什么也看不见,自己的眼睛,失明了吗?无边的恐惧瞬间袭上心头,他的双手在空中焦躁地乱舞,惊慌失措地喊:"人呢?我怎么了?"

一双手伸过来,握住他的不安和恐惧,是妻子。她轻声说:"你别着急,医生说了,只是暂时失明,你用眼过度,需要好好休养。"

他从床上腾地坐起来,烦躁地吼:"那怎么行?公司还有几个大单要签,今年的广告设计还没有定案,客户对产品不满意的地方还需要修改……我怎么能安心躺在这里?"

妻子扶他躺下,温言相劝:"你公司里不是还有几个副总吗?工作交给他们,你也该休息一下了。你现在着急也没用,对恢复视力没有好处,还是安心养病吧。"

他不听,梗着脖子要起来去公司。一向好脾气妻子终于急了,嚷:"你还真以为自己是世界上最重要的那个人啊?放心,公司离了你,马照跑舞照跳。但是,我们这个家不能没有你,我不能没有你啊!"

他愣着没动,心里却翻江倒海。是的,他一直觉得自己是别人心中重要的人,似乎所有人都需要他,除了妻子。却原来,自己一直在错位。他当然是重要的那一个,但不是对别人,而是对他的家,他的爱人。

妻子的声音低下来,抽泣着:"接到你出事的电话,我都快急疯了。你从来都是这样,不知道爱惜自己。你说你万一有个好歹,让我和孩子怎么活?"

他紧紧握着妻子已显粗糙的手,把她拉进自己的怀里,安静地听她唠叨。他的心像被劈开了一个口子,哗啦啦地流淌出无限柔情。他为自己多年来的本末倒置而惭愧。

半个月后,他的视力恢复正常。出院时,在医院门口,他看到一对捡垃

圾的夫妻。两个人衣着破烂,脸上脏得已经看不出原来的颜色,正在翻医院门口的两个垃圾筒。但他看到,那个男人,正慌忙把前面一个孩子扔掉的半个肉夹馍捡起来,在并不干净的袖子上擦了擦,欢天喜地地跑向那个女人,把肉夹馍送到女人的嘴边。女人欢喜地笑着,轻轻咬了一小口,又推到男人嘴边。

他呆呆地看着那对夫妻,就那样你一口我一口地,吃掉了那半个肉夹馍。他看得眼睛酸酸的,直想流泪。待了半天,他才走过去,把一张百元大钞放在男人手里,拍拍男人的肩膀,说:"兄弟,你比我活得明白。"

是的,他明白了,在这个世界上,你其实对谁都不重要,你再伟大,也不过是芸芸众生中的一员,但对你的爱人,你是她的世界,是她的全部。反过来也一样,一个人,不管在别人眼里多么普通平凡,他也是另一个人的珍宝,在他那个家里,他也是爱人全部的支撑和力量。

那个和我最像的人

卫宣利

你是谁啊？你怎么哭了？

我和她越来越不像了。我穿职业套装，化精致妆容；她穿我前几年剩下的旧衣，面容憔悴，目光呆滞。我带她一起出去，没有人相信，我和她是双胞胎姐妹，曾经相像得连父母都无法辨认。

她比我先从母体出来45分钟，这45分钟，成了我们彼此命运的分水岭。常常，在我把她敲碎的茶杯碗碟扫进垃圾桶的时候，在我不得不把她锁进小屋的时候，在我不止一次把跑丢的她从外面找回来的时候，我想，如果早出来的是我，我和她的人生是不是要重新写过？

她的病其实之前早有迹象，彻夜不眠，精神恍惚，目光涣散，时而自言自语，时而又沉默不语。直到有一天半夜，母亲在睡梦中被刺耳的笑声惊醒，开门出来便看到她正站在房顶上，披着一条床单手舞足蹈，她唱："小呀小儿郎，背着书包上学堂……"母亲扑过去想抱住她，她躲避着往后退，盯着母亲惊恐地吆喝："你是谁？不，不要靠近我！……再过来我就跳下去……"

医院的诊断结果出来，她竟是严重的精神分裂症。医生问，她是不是受过什么大的刺激？我的心仿佛被人狠狠地抽了一下，火辣辣的疼。旁边的她却忽然很清醒地说："那年小玉没考上大学我都没事儿，还能有什么刺激？"

我抱住她瘦弱的肩，说不出话。泪，一滴一滴落在她的肩上。她的身体在我的怀里不安地抖动着,终于推开我,木木地问:"你是谁啊? 你怎么哭了?"我再也忍不住,掩面而逃。

咱们要争气,不能让人看不起

母亲生我们的时候难产,做了绝育手术。村里人背后都说,老苗家是绝户头,将来连个传宗接代的都没有。在那个偏僻的农村,没有儿子不但让全村的人瞧不起,也会处处受人欺。没有儿子,父亲的腰就再也没有挺直过,见谁都是一脸谦卑的笑。所以,从小到大,我们听母亲说得最多的就是:"你们俩一定要争气。"

我们俩在一个班读书,她比我聪明,也用功。事实上我和她,除了长得像之外,没有一点相像的地方。她温顺、懂事、细腻、敏感;我顽皮、泼辣、任性、虚荣。她不过比我大45分钟,却像个真正的小姐姐那样,处处让着我。每天上学前,她会仔细梳好自己的小辫,再来帮我梳乱蓬蓬的头发。上课时,我总是心不在焉,牵挂着树上那只鸣叫的蝉,或者抽屉里尚未读完的小说。她主动请求老师把位置调到我的旁边,帮我记笔记画重点。因为有她,我虽然学得三心二意,成绩居然一直都不错。

那一次,我为了买一包棉花糖,借了同学大树5毛钱。过了嘴瘾之后才着了慌,因为根本没有钱可还。两天后,平时一放学就准时回家的她,一直到吃晚饭才磨磨蹭蹭地回来。回来后就低着头躲着父母跑进我们的小屋里。我跟进去,才发现她的鼻子流着血,额头上青一块紫一块,嘴唇肿得往上翘着。我一呆,马上就明白,一定是大树把她当成我给揍了。

她没有怨我,只说:"小玉,以后不要再借人家钱了。咱们要争气,不能让人看不起。"

梦想就像天上飘忽的云朵,似乎风一吹就散了

她跟我描述她的梦想:"考上大学,每天衣着光鲜地坐在舒适的办公室

第六辑 一生的守护天使

里,买一套大房子,把爸妈都接出去,让村里那些笑话爸妈的人都看看,养女儿也能光宗耀祖。"

说这些话时,我们正蹲在茂密的玉米地里薅草。她的眼神飘过密密匝匝的玉米丛,看向远处连绵起伏的大山。梦想就像天上飘忽的云朵,似乎风一吹就散了。

在等待高中录取通知书的那些日子,她和我一样惴惴不安、忧心忡忡。之前父亲已经讲明,家里的条件,两个人只能供一个。我们睡在一张床上,那些晚上,她总是翻来覆去,折腾到很晚。有一次她忽然坐起来,试探着问我:"小玉,你有把握考上大学吗? 你的英语成绩……"我不理她,闭着眼睛装睡。是的,我的英语成绩不如她,事实上我所有的成绩都不如她,可是,我不能放弃这个走出去的机会。她便叹一口气,重新躺下。我半夜睡醒,她仍然睁着双眼直直地盯着天花板。

通知书还没下来,表姑从省城回来,说一个同事刚生了小孩儿,想找个保姆,一个月400块钱,管吃住。表姑说,这家人条件不错,看我们俩谁愿意去。每月400块钱,对我们一贫如洗的家无疑是笔巨款。爸妈都动了心,看看她,再看看我,拿不定由谁去好。我靠着墙,倔强地闭着嘴,目光冷冷地盯着她。她正在灶前烧火,背对着我们,看不到她的表情,只看到她瘦弱的肩微微有些颤抖。僵持很久,她终于开口说:"我去吧,小玉比我聪明,准能考上大学。我赚了钱供她……"说完她就急步进了灶房,门"嗵"的一声关上。灶膛里一根燃了半截的柴火掉了出来,在地上兀自燃了一会儿,便慢慢地熄了。

16岁,那个沉闷燥热的夏天,成了我和她命运的分水岭。我到县城读重点高中,她去省城做了保姆。

青春像一朵新鲜绽放的花,热烈而张扬

她很少回家来,每月的400块钱,她只留下20块,剩下的都如数寄回家。

那些钱变成了我的学费生活费,种子化肥农药。她不断地给我写信,叮嘱我好好读书,需要钱就和她说,末了,还是那句话:小玉,你一定要考上大学,为咱家争气!

我从来不给她回信,我觉得她烦,她才 17 岁,怎么像个老妈子似的唠叨个没完? 学校里到处是张扬的青春灿烂的笑脸,我很快便融入缤纷多彩的校园生活,操场上的排球比赛、春花灿烂时的郊游、暗恋的男老师、课桌抽屉里突然冒出来的纸条……我几乎忘了,在校园之外,还有一个和我一样有着如花青春的女孩儿。

高三那年,我喜欢上隔壁班的男生。每天从他的教室窗户旁走过,心就像擂响的战鼓,"咚咚咚",把胸腔震得生疼。若他正好在靠窗的位置坐着,又正好无意瞥了自己一眼,我便觉得浑身瘫软,灵魂出窍,脚下软绵绵的,不知道自己是怎么飘过去的。

我学会描眉画眼,频频变换发型,可是仍然觉得自己是灰暗的,因为我没有李娜飘逸的丝巾,没有安小眉的纯棉长裙。我像一只灰扑扑的丑小鸭,梦想一夜之间变成白天鹅,让我的王子惊艳。

我只好给她写信,说学校让买学习资料。其实我是想买那套牛仔背带裙,我试过了,白色的镶蕾丝花边的衬衣,纤细的腰身,修长的裙摆,我第一次发现,原来自己也能如此美丽。

她很快就把钱寄来了,照例还是要我好好学习给爸妈争气、要钱找她之类的老话。我把她的话丢在脑后,穿着那条裙子,守在那个男孩儿必经的路旁。而他,一直到毕业,自始至终,都没有正经看过我一眼。

这场黯然憔悴的暗恋,导致的直接后果是我高考失利,名落孙山。

我的生命不再只属于我,我在为两个人活着

她坚持让我再复读一年。其时我已心意阑珊,重回校园,却和一帮外校的问题女生混在一起,抽烟、喝酒、逃课……

那一次,我和一个男生跑到省城去玩。我们去游乐场坐过山车,去看电影,去中心广场喂鸽子……

就是在这时候我看到了她,她跟在一个打扮入时的女人后面,面色憔悴,干涩的头发束在脑后,弯着腰,低着头,怀里抱着一个两三岁的孩子。那孩子长得胖,她瘦弱的臂膀抱着已显吃力。女人一边走一边催她:"快走啊,这么磨磨蹭蹭的,要迟到了……"她紧走几步,怀里的孩子却突然哭了起来,她赶紧去哄,女人皱着眉头转回来,一把夺过孩子,厉声吆喝:"你到底会不会抱孩子啊?猪也没你这么笨的……"

我的火"忽"地一下就起来了,"腾"地蹿到她们面前,拉住那女人说:"你跟她道歉!"她看着突然出现的我,又惊又喜,抓住我的手臂,焦急地问:"小玉,你怎么到这里来了?……"

女人不屑地看着我:"哪里来的小太妹,也敢在这里撒野?"我抓着她不放,不依不饶:"道歉!"她在我旁边急急地说:"小玉,别闹了啊……姐求你了……"

女人冷冷地对她说:"苗小珠,你回去收拾行李,回家去吧。"

她愣愣地待在原地,半天才反应过来,连珠炮似的冲我嚷:"好好的你闹什么闹?你马上就考大学了,学费从哪儿弄?……"

我低着头不答她,心却一阵一阵地疼。这个和我一样有着花季青春的女孩儿,用她的隐忍和委屈,为我换取绽放的机会。而我,却毫不吝惜地挥霍着两个人的青春。

我开始拼命读书。因为我明白:我的生命不再只属于我,我在为两个人活着。

我爱她,很爱很爱她

我读大三那年,她出嫁了。嫁的是我们本村的一个男人,那男人老实得近乎木讷,根本不是她喜欢的类型,她也嫁了。她说父母年龄大了,得有个

人在跟前照顾。结婚那天她哭得跟泪人似的,她一遍遍地跟我说:等你工作了,买了大房子,一定要把爸妈接去享享福。

我还没有买得起大房子,她就疯了。

母亲在电话里泣不成声,母亲说,她病后反反复复只唱那两首上学的歌,她是太想去读书了……我们一家人都欠她的……

我无语,泪顺着面颊滑落。那个和我最像的人,用她10年的青春,终于换来我如花的绽放的娇颜,而她,却没落成一株乡间的野草,以另一种方式迅速凋零。

我把她接到我身边,送她去最好的医院治疗。不管她清楚还是昏迷,我都想让她知道:我爱她,很爱很爱她。

一生的守护天使

卫宣利

一

母亲去世那年，她才6岁。被小姨扯着，懵懵懂懂地跟在送葬的队伍后面，好奇地打量着一群哭哭啼啼的人，觉得很奇怪。她盯着花圈上那只紫色的蝴蝶，颤颤地扬着翅膀，想飞呢。她从小姨的手里挣脱出来，跳着伸手去捉，被小姨一巴掌打在屁股上，傻丫头，你妈死了，也不知道哭一声……

她果然"哇"的一声便哭了起来，便见他，急急地从队伍的最前面踅身回来，把她抱在怀里。他用粗糙的大手抹去她脸上恣意横流的泪水，附在她耳边说："乖，不哭，还有爸爸在呢。"她在他的怀里，瞪着眼睛看着一身戎装的他。那么温暖安适的怀抱，对她却是那样陌生。连同爸爸这个称呼，和眼前这张棱角分明的脸，都让她觉得陌生而遥远。

那是记忆里她和父亲第一次见面。当然以前也见过，但于她，是没有记忆的。父亲是部队里的教导员，每年只有一次探亲假。所以，这个男人对她而言，几乎是完全陌生的。

母亲的葬礼结束后，一家人开始讨论她的归属问题。小姨红着脸低着头，两手绞着衣角，好久才嗫嚅着说，我还没有结婚，带着个孩子，别人怎么说？舅舅刚想过去抱她，被舅妈狠狠一拽，嘴里已经骂上了：你瞧你那熊样，每月赚那仨核桃俩枣，自己老婆孩子都喂不饱，还有闲心去管别人……小姨毫不客气地接过去，什么叫别人？……

她孤零零站在门边，看着一屋子面红耳赤吵闹不休的人，第一次感到了孤独和无助。她一步步往后退着，想跑出去找妈妈，却被一双温暖的手拉住。那双手拉着她，一直走到屋子中间，对着一屋子的人，用不容置疑的口气说，我是她父亲，妞儿以后由我带，我回部队打转业报告。

那天晚上，她第一次和这个陌生的男人待在没有妈妈的家里，她一直站在角落里，默默地看他为她整理衣橱，收拾书包，看他笨拙地把蛋壳打碎在碗里，油锅热得着了火……她很怀疑：这个笨手笨脚的男人，他能像妈妈一样照顾好自己吗？

晚上她躺在床上，看见他进来，赶紧闭上眼睛。他在她的床边坐了很久，然后为她掖掖被角，沉沉地叹了口气，蹑手蹑脚地走了。她在黑暗中睁大眼睛，泪水顺着眼角汩汩地往下淌。

二

父亲很快办好了转业手续，她开始和这个男人朝夕相处。喝他榨的果汁，穿他洗的衣服，坐在他的自行车后面去上学。她渐渐习惯有这么一个高大强壮的男人照顾她的生活，却不习惯叫他爸爸，甚至很少和他说话，甚至，也很少和老师同学讲话。她从前是多么活泼快乐的一个女孩儿啊，演讲、唱歌，样样拿手。可是现在，她变得孤僻内向，少言寡语。

但是有个爸爸，感觉还是挺好的。父亲转业后在一家国有工厂做电焊工，他会用那些没用的下脚料，拼拼凑凑，为她焊个漂亮的书架。父亲从来没有外出应酬之类的活动，他好像也没有别的嗜好，只是喜欢对着菜谱研究，然后关在厨房里，煎炒煮炸。每做好一样食物，父亲便喜洋洋地端到她面前，坐在她对面，一边抽烟一边看着她吃，非常满足。父亲的厨艺在不到一年的时间里突飞猛进，那两年她长得也特别快，春天新买的衣服，到了秋天穿上就短了。

父亲一直都没有再娶，其实父亲那时候还不到40岁，军人出身的他身材

挺拔相貌英俊,不断地有人给父亲提亲,可是父亲甚至没有征求她的意见,便统统回绝。

有一天晚上,她半夜起来上厕所,路过父亲的门口,房间的门半掩着,父亲半靠在床上,身边有厚厚的一摞报纸,父亲手里拿着一张报纸,翻过来再翻过去,指间的烟头一闪一闪地亮。父亲的面容在一片缭绕的烟雾中显得那样寂寞。她呆呆地站在门外,心里突然有些紧。14岁的她,已经能够明白父亲的寂寞和无聊。

第二天吃早饭的时候,她对父亲说,要不,你再给我找个妈吧。父亲看着她,有点惊讶,然后笑着揉揉她的头发,说,傻妞想什么呢?咱们俩在一起多好啊,再加个生人进来,多别扭。

高一的时候她喜欢上班里的一个男生,有一次传的纸条被老师发现,老师把父亲叫到学校。晚上她忐忑不安地回家,偷偷观察父亲的脸色,并没有她想象中的狂风暴雨。一直到吃完饭,父亲才淡淡地说了一句:我今天去你们学校了。她刚刚放下的心,马上又提了起来,父亲却只是轻描淡写地说,你们学校的男生,还真没一个能让我看上眼的。然后父亲便笑,说,妞儿,将来你要找男朋友,一定得找像爸爸这样帅的,知道不?

有一次吃着饭,父亲忽然问,你将来结婚,会带我一起过吗?她含了一嘴的饭,含混地嗯了一声,父亲便兴奋地像个孩子,燃着一支烟,深深吸了一口,慢悠悠地吐出来,淡淡的烟雾后面,父亲的脸笑得很灿烂。他说,我给你当保姆,洗衣服做饭打扫卫生,将来你有个孩子,我给你带,哄孩子洗尿布陪他玩儿,你小时候没享受过的,到时候一起补回来,嘿嘿。

她一边往嘴里塞东西,一边看着得意扬扬的父亲,想,幸福,应该就是这样的吧?

三

她读高三那年,在过马路时,被一辆公交车给撞了。

父亲赶到医院时，她的思维还很清醒。她抓住父亲的手，惊慌地问：我的腿呢？我咋感觉不到我的腿呢？父亲拉住她的手，一直往下摸，妞儿，腿不是好好的吗，你摸摸。她终于摸到了腿，心便安了。她附在父亲的耳旁，低低的声音说，爸，我以后是不是找不着婆家了？要是没人要我，你可得养我一辈子……父亲抓着她的手，捏捏她的鼻子说，我这么好的闺女，得等他们骑着大马抬着彩礼来求婚才能嫁，彩礼少了咱可不嫁，不然老爸养你不就赔了？她笑，爸你可真贪心……父亲抱着她的头，有冰凉的东西，一滴一滴，落在她的脸上。

手术后她一直昏迷着，第三天醒过来时，她几乎认不出面前这个男人，他的面容苍白憔悴，挺拔的身躯突然就佝偻起来。以前她总以为一夜老去这样的事在传奇故事里才有，现在她知道，原来一个人真的会在一夕老去。

班里的同学来看她，一群未经世事的孩子，在她的床前嬉笑打闹。一个女孩儿说，小雅你赶快好吧，马上就要高考了，你不是想读北京的大学吗？再晚可就跟不上了。她笑着答应，目光扫向父亲。父亲蹲在角落里，眼睛盯着窗户，很久都没有动一下，目光茫然。

同学走后她变得格外烦躁，她让父亲给她找课本，她说我什么时候才能好啊？父亲含糊地说，一个月，或者两个月吧。

父亲听别人说，有个从台湾回来的老中医，有一套很奇特的治疗方法，专治疑难杂症。那天下午父亲去为她找医生，护士来给她输液，她问：为啥我的腿一点感觉都没有呢？护士是新来的，口无遮拦：何止是没感觉，怕是要瘫了，以后再站不起来了……

父亲带着医生回来，刚一进门她就抓起一个茶杯朝他掷过去，歇斯底里地喊：为什么不让我死？茶杯擦着他的眼角飞过去，血迅速地流出来，他顾不得擦，几步奔到她的床头，用力抱着她，语无伦次地说，乖，没事儿的，这不是找了医生吗？妞，妞，爸爸在啊……

父亲找的医生并不管用，后来又去了好几家医院，针灸、按摩，从不信邪的父亲，跟着一群大妈去庙里烧香求佛，又去教堂祷告，甚至还找了有特异

功能的大师。她觉得父亲真是傻,那些没影的事他也信,真不知道他当年在部队怎么当的教导员。

她终于知道,伤了中枢神经的后果,就是坐在轮椅上再不能站起来。

四

她不能再去学校读书了,可是总得找点儿事做。她给父亲织毛衣,织着织着就用了心思,织出的花样总是别出心裁,漂亮大方。父亲穿在身上,对着镜子左照右照,嘴都合不拢。父亲说,我的妞儿还真是长了一双巧手呢。

父亲开始不断地往家里拿回五颜六色的毛线,他说妞啊,我那同事老李,你见过的,对,就是李叔叔,他让你照着我这个,给他也织一件。隔两天又说,你王阿姨家的姑娘,想跟你学织这种花样……再后来,有一天父亲推她去毛线市场,父亲打开一家临街的门面房,说,妞,咱在这儿开个编织店你看行不?

她的编织店因为式样别致花形漂亮,一开张生意就特别好,每天迎来送往,虽然忙,却很充实。干满一个月盘点,竟赚了1000多块钱。那天她给父亲买了两瓶茅台,父亲乐得像个孩子,擦桌,洗杯,做了一桌她爱吃的菜。父亲倒满了两个杯子,说,妞啊,和爸干一杯。喝着喝着父亲就哭了,父亲不停地叫她,妞儿,妞儿,妞儿啊……

24岁那年,她谈了男朋友,是个小学老师,教体育的,陪她下棋,听她唱歌,能一口气把她背到五楼上。父亲看着她在这段恋情中痴迷沉醉,眼睛里全是担心。他不止一次地问男孩儿,你和妞儿的事你父母知道吗?你要是真心喜欢妞儿,就跟父母讲清楚妞儿的情况,妞儿是受过大难的人,你要是敢让她受伤害,我饶不了你!男孩儿拍着胸脯跟父亲保证:我的事情我自己做主,就算他们不同意,我也要和妞在一起。

结果,还是父亲最担心的这个环节出了问题。他的父母为此大动干戈,到学校去闹,以死相逼。男孩儿最终选择了妥协。

一连几天,她躺在床上,蒙着被子,不吃不喝,父亲怎么叫她都不应。父亲硬拉开被子,她的身体委屈地蜷成一团,满脸是泪。父亲心疼地抱着她,父亲说,妞儿,就算全世界都不要你,你还有爸,爸会一辈子陪着你,做你的守护神。

父亲老泪纵横。

五

父亲终于因为劳累过度,得了严重的尿毒症。那天保姆推着她从店里回来,她一眼看到父亲在小区花园的长椅上坐着,目光空洞地看着来来往往的人,自言自语地重复着一句:妞儿,妞儿怎么办?她接过父亲的病危通知书,泪,一层一层漫过双眼。她抱住父亲,泣不成声:爸,不怕,还有我。你会好的,你说过,我们俩在一起,要好好活着的……

在医院里,她见到了小姨。父亲把她的手交到小姨手上,说,妞儿啊,其实小姨才是你亲妈……

她才知道,父亲并不她的亲生父亲,那年小姨爱上一个外地的大学生,未婚先孕,稀里糊涂地就有了她。那人后来丢下小姨,和公司的女老板远走高飞。她生下来就被母亲抱了过来,因为母亲不会生孩子。

父亲对小姨说:我把妞儿交给你,你答应我,要一辈子保护她,不能让妞儿受一点委屈……小姨不停地点头,泪流满面。

一个月后,父亲去了。她心一下子就空了,她知道,此后,终此一生,她都是孤儿了,哪怕她的生身父母亲还健在。她最亲的那个人,却是永远地去了。

幸福总在低眉处

朱　敏

窗外,夏如一朵花,热烈荼靡。

即使在家的日子,我也会按时起床,洗漱完毕,穿戴整齐,开窗开门,把自己安置在书桌前。气温一点点升高,并不影响隐藏在闷热空气中的风,由东至西穿过整个房间,拂过身体的时候,我听到了树叶沙沙沙的抖动声,比空调房渗进骨头里的凉不知要舒服多少倍。

看书累了,我会和桌上的"朱钱钱"说话,或者什么也不说,只是静静地看着它。它是一盆仙人球,我家唯一的绿色植物,已经陪了我两年。花盆最初是简易塑料的,白得了无生趣,终于遭我嫌弃,换成彩色陶瓷。穿了新衣的"朱钱钱"大概也心生欢喜,不几天蹿高了一截,密密的绿上发出许多新枝杈,碎碎的,圆嘟嘟的,可爱之极。

白天的光阴过得飞快,一本好书,两三部电影,几段相声,不经意间时针仿佛被偷偷拨快了好几圈。下午5时整,我准时出门,步行20分钟,到离家两站远的幼儿园接妹妹的女儿放学。

只有那个时候,我才能真真切切感觉到夏的骄纵、闷热、潮湿,身上黏黏的。拐弯的街角,瑜伽馆的小丫头照例在那儿发宣传单,我笑笑,摆手,径直走过。到幼儿园,要过两条大马路,我总是小心翼翼地夹在人群里,等绿灯亮起,随着人流车流急匆匆走过。

乔乔的老师早已认识我,不再给妹妹打电话确认,微笑着把乔乔交给我,在乔乔说声"老师再见"后,我们娘俩手拉手欢欢喜喜地离去。院子里,阳光正好,家长们两人一对,三人一伙,站在树荫下纳凉,孩子们围着一个圆形的滑梯玩得不亦乐乎。不用低头看，我也知道，乔乔的大眼睛正放出喜悦的光芒，对我说："大姨，我也想玩滑滑梯。"依照惯例，我问她："玩几次？"她竖起两根手指头，想想不对，又加了一根，说："三次。"我说声好，她立马像只蝴蝶一样轻盈地飞扑过去，连爬带攀地就上了滑梯。我守在旁边，看她齐耳的短发随着轻快的脚步一上一下地摆动，我想起了月月小时候，也是这样，对什么都觉得新奇，对什么都觉得好玩，只要我的眼睛落在她身上，她就能一直开心地玩下去。

回家路上，如果留心，会碰到蚂蚁和蜈蚣，在青石砖上慢悠悠地爬行着。我指给乔乔看，乔乔先是惊恐地退缩着，睁大眼睛，在我的鼓励下，又蹲下身子，边看边问我："大姨，这是啥？"我教她一一辨认，小家伙竟然乐得笑出声来，说真好玩。

有时候，她也会要赖，说走不动。我问她："背还是抱？"她歪起小脑袋，想了想说："大姨抱我！"我蹲下身子，抱起她，假装很吃力，她立马抱着我的脖子，在我嘴上亲一下。这个吻已经成为我和她之间的约定，只要我抱她，她就会亲我，就像大力水手的菠菜，及时给我补充抱她的能量。有时亲完，她还会主动问我："大姨，香不香？"如果我说不香，她会继续亲，直到我表示肯定地点点头。

那段路，车流量很大，而且没有人行道，我小心地抱着她，躲着来来往往的行人，躲着大大小小的车辆。远远地看见一个小型喷泉，银白色的水花跳跃着，升高，又落下，让人看了，心里不由得生出些凉意。乔乔主动要求下来，拉着我的手过了马路，催促着我走到喷泉旁边，小脚丫已经伸进水里。

喷泉如莲花绽放，乔乔在莲花中穿行。跑过去，身上湿了一点，再跑回来，身上又湿了一点。看她笑盈盈地望着我，我不忍阻止，心想：就让她好好玩一会吧，现在的孩子多么缺少这些放纵的快乐，在大人为他们营造的拘谨童年里，他们像被捆绑了翅膀的天使，只能在梦里想象飞翔的快乐，却无法亲身体验。

等她玩累了，褪下她的小短裤，露出肥嘟嘟的小腿和粉滴滴的小裤头，

广场上的大人也只是善意地看着她笑,我拧干短裤,平铺在石阶上,等着风吹干。她还沉浸在刚才的快乐里,乖巧地偎在我身边,抬头看我:大姨,喷泉可好玩了。

我知道喷泉好玩,看那清凉凉的水就诱人至深,可惜我已过了玩的年纪。不到4岁的小人儿看我凝眉,竟然不声不响地踮起脚尖,双手勾住我的脖颈,在我唇上落下香吻一枚。我笑了,回亲了她一下。她又歪起小脑袋:"大姨,幸福吗?"我点头:"幸福得冒泡泡。"她笑:"大姨,以后你想幸福的时候,低下头让我亲一下,你就幸福了,知道吗?"我大笑,继而狂笑,笑到心里面。

下午6时,妹妹来接她,我独自顺着一条铺满落英的小道走回去,路旁卖水果的把西瓜切成两半,沙瓤的,颜色红艳艳,引得路人垂涎欲滴。我选了刚切开的半个,提在手里,喜滋滋地回家,脑海中忽然冒出一句话来:幸福总在低眉处。

是的,不用高处寻,不用向上攀,低头,顺眉,珍惜自己已经拥有的,你会发现,幸福如水,一直环绕在你身边。

你是我的人间四月天

黄丽娟

一

她是父母的掌上明珠，父母为了把她留在身边，毕业前夕就给她落实好了工作单位，并买了 140 平方米的房子、红色的"马六"车，专等女儿一毕业招婿入室，颐养天年。

这样的优越条件，是多少人做梦都梦不到的啊，可她一样都不贪恋。她不顾父母的百般阻挠，一毕业就死心塌地地随他来到苏北的一座小城。

他在一个乡镇小学当美术老师，没有房子，蜗居在 30 平方米的出租屋内。他唯一拥有最多的就是那些粗细不同的画笔，一沓沓大小不等的宣纸，一盒盒色彩斑斓的颜料，还有一本本厚厚的书。

"他能给你带来什么？"来之前，父母声嘶力竭地责问她。她默然无声，可心里始终有一束温暖的光，她相信：他能给她幸福。

他们没有热闹繁华的婚礼，一家小饭馆，两桌亲朋好友，且都是一些他的亲戚朋友。而她的亲人一个都没有来，包括她的父母。没能得到父母爱的祝福，是她心头永远的痛。

小小的出租屋内，没有雍容华贵的家具，没有璀璨的水晶吊灯，只有她剪的大红"囍"字，还有他征得房东的允许，在墙面上画的一株清新的紫色百合。因为她最喜欢百合，百年好合。

两个人的世界虽小，却也温润如玉。白天，他教孩子们画画、写字；傍

187

晚,他陪她在乡间小路上散步、吹风,日子安宁清简,却也有滋有味。

谁都知道她不顾一切,只是因为爱情。好的爱情,爱一次就足够。爱情让她忘记了自己的长相,忘记了他的好,他的坏……

二

她和他都是我在师范学校里的同学:蒋晓宁和孙海飞。

晓宁是我们班的第一才女,模样俊俏,文笔又好,再加上一头笔直柔顺的长发,颇有三毛风韵。每期校刊上都有她唯美的诗篇。在众多男生心里,她纯情得就像琼瑶剧里走出来的女子,但要比那些女子更有内涵。班上曾有好多男生追求她,可都被无情地挡了回来。自此,"冷三毛"的称号就被叫开了。

海飞,是我们班男生中最木讷老实的一个,他是娃娃脸,平日话不多,最怕与女孩子打交道,酷爱书法和诗词。我们教室里张贴的书法作品都出自他的手。每到过年的时候,海飞还给我们写春联,而春联上写的往往是他自己创作的诗词,读来意味无穷。

那会儿,班上有三对同学明目张胆地热恋着:"白天鹅"和"鹿帅","罗密欧"和"朱丽叶",梅影和谭宏。尤其是"罗密欧"和"朱丽叶"的爱情故事堪称现代版的《罗密欧和朱丽叶》。只是,这人人皆知的三对儿到最后一对都没修成正果,一毕业,大家都孔雀各自飞了。

当然,除了这高调的三对儿,还有几对儿就低调得多了,但我们私底下都知晓他们在谈恋爱。不过,要是谁说蒋晓宁和孙海飞恋爱了,我们肯定都不会相信的。"娃娃脸"怎么配得上"冷三毛"呢?

因此,当我们接到他们滚滚发烫的大红喜帖时,仍然惊诧不已,难道他们真的在学校里就相爱了?

喜酒席上,我们都吵着让新郎坦白交代如何骗走了我们班第一才女的芳心。海飞红着脸,含情脉脉地注视着新娘,半晌没有说出话来。最后,海飞语无伦次地说:"我就再干一杯吧!"这个内秀的男子,把心中炽热的爱恋全都化为绵绵琼浆,流经血管,遍及每一个细胞,每一寸肌肤。

关于他们的爱情,至今都是个谜。但我们不管了,看着这对幸福的人儿,大家都感慨,总算有两个人没辜负那激情飞扬的青春岁月。

三

一年前听说海飞当上了副校长,我们几个同学一直没能抽出空去为他庆贺。可不承想,有一天我意外地遇见了他。原来他们就住在我先生的姑妈家附近。

海飞推着一辆轮椅从对面街角慢慢走来,轮椅上坐着一个女人,女人靠着椅背,头微仰,目光呆滞,一半脸儿扭曲着,嘴角有些歪斜。我大吃一惊,这是谁呀?定睛一看,我简直不敢相信自己的眼睛,这不是蒋晓宁吗?那个身材小巧玲珑,长头发,大眼睛,双眼皮的美人坯子,怎么变成了这副模样?看着夕阳中那张惨淡的脸,我傻傻地愣在那里。

海飞也看见我了,推着轮椅走了过来。

海飞明显消瘦了,颧骨高高凸起,两鬓华发渐生,额上也皱纹深深,眼神里隐隐地流露出忧郁和伤痛。才40岁出头的年纪啊,仿佛一下子苍老了许多。

海飞哽咽着告诉我:"晓宁前两年不幸中风了……"说着说着,他终究没能忍住眼泪。他一边抹着泪,一边又不停地痛苦自责。她的病是因他而起的,要不是他把所有精力都放在工作上,要不是她操劳过度,要不是跟他吃了那么多的苦,要不是……她也不会得病的……一个大男人像孩子似的在我面前嘤嘤地哭泣着,我只有一遍又一遍地劝慰他:"这不是你的错,生病是由不得人的。"

后来我知道,虽然妻子生病了,但海飞的工作照样一点都没落下。白天,他在学校紧张地忙碌,一回到家,他就一心一意地照顾妻子。

海飞怕妻子在家闷，每天都要带妻子出来散步。刚开始，妻子还能走路，还能说话，每见到路边新开的花儿，妻子还叫他采一朵给她戴。后来，妻子的病情越来越严重，只能坐轮椅出来散步了，而且妻子说话也越来越吃力，有时海飞竟然听不懂她在说什么。现在，妻子几乎不开口说话了，眼神也不听使唤了。一路上，只有他一个人在琐琐碎碎地说着，念着。有时，他会绝望地停下来，走到妻子跟前，指着自己的脸，说："晓宁，看看我，看看我，我是海飞啊。"可是，妻子毫无反应，连眼皮都没有动一动。他只好独自擦干眼泪，继续推着妻子往前走，一边走，一边仍在碎碎念。他不敢停止说话，他怕妻子听不到他的声音会彻底遗忘了他。浮世里的爱，就在唇齿眉眼之间，那么动人，暖心。

四

后来，好几次去先生姑妈家，我都见到海飞推着妻子出来散步。阳光下，轮椅上的女人目光依然呆滞，有时歪着头闭着眼，身后的男人依然在喃喃自语着，还不时弯下腰来替女人擦擦嘴，捋捋散落的头发。有几次我都不忍心上前去打招呼，我怕触及那双忧伤的海一般深情的眼睛，怕看到那张变形了的年轻的脸。我远远地望着海飞推着轮椅消失在路的尽头，落日的余晖在他们的身后编织成一个美丽的光环。转过身，泪水模糊了我的双眼。

前几天，我们几个要好的同学自发组织了一个小型捐款会，当我把钱交给海飞时，他却断然拒绝了。他说："我现在还有能力照顾她。要是她不在了，钱对于我还有什么意义呢？"

海飞的亲人们也都体谅海飞，专门腾出人手来要替他照顾妻子，可海飞都一口回绝了，他说妻子已经习惯了他的照顾，把她交给别人，他一刻也不安心。我们都心疼地说海飞太傻，可他仍然一意孤行，就像当年晓宁毅然决然地离开父母追随他一样。

问世间，情为何物，直教人生死相许。一双雁的贞烈感动了一个词人，一个词人的感慨问住了我们所有人。我们无人可问,也无人可答。每个答案都不会完全一样。然而,若除却生死大限,她始终是他的人间四月天。那么,这便是摇曳在俗世红尘里最真、最暖、最芬芳的爱情之花了。

红莲的爱情

刘黎莹

　　红莲和第一任老公只过了小半年的日子,就离婚了。

　　离婚的理由是老公有了外遇。

　　红莲和第二任老公过了两年多,又离婚了。

　　离婚的理由仍是老公有了外遇。

　　经历过两次婚姻失败的打击后,红莲的母亲劝红莲,说:"莲儿,这都是命啊,认了吧。你等过几年再找对象吧。等过去了这一阵倒霉的时候,也许你的好运就来了,不急。"

　　红莲嘴上附和着母亲,说不急,其实,她的内心比谁都急。婚姻大事岂能儿戏? 搁谁身上能不急啊? 女人的青春不就这么几年的好光景吗? 等人老珠黄了,早晚三秋了。

　　红莲很快陷入了又一场轰轰烈烈的爱情中。

　　红莲的第三任老公在和她领结婚证时,就对红莲郑重承诺:"我这辈子就指定和你过了,就是你有了外遇,我也不会有外遇的。"

　　红莲当时被第三任老公的话感动得热泪盈眶。

　　红莲想,她这辈子一次又一次,像飞蛾扑火一样,扑棱着翅膀,飞呀飞呀,不就是为了能找到一个这样的好老公吗?

　　在那些香甜如蜜的日子里,红莲常一个人暗自祈祷:苍天啊大地啊,你们待我不薄啊! 此生有这么个铁心和我过日子的老公,红莲知足了! 红莲死而无憾!

　　红莲的第三任老公说到做到,上班下班,下班上班,除了单位,就是家,除了家,就是单位,两点一线,洗衣做饭,擦桌抹凳,大小家务,一人全包了。才开始的时候,红莲有点受宠若惊,以为自己是在梦里,常常跑到厨房,问老公:"我是在做梦吗?这是真的假的?"

老公一边用围裙擦着脸上的汗,一边笑着对红莲说:"真的!当然是真的!我会给你做一辈子的饭,呵护你一辈子的,放心吧。"

红莲不敢和任何人炫耀自己的幸福。

红莲小的时候常常生病。那时候隔上一段日子不生病,母亲就会乐呵呵地说:"莲儿,你的小身体没事了,妈总算放心了。"红莲到现在记忆犹新,只要母亲一夸,过不几天,红莲准得大病一场。红莲一想起这事,就心有余悸,所以,她现在从不敢夸自己婚姻的幸福。就连她的母亲问她,她也只是笑而不语。

这样的好日子,哪个女人不想拥有啊?哪个女人拥有了会不加倍珍惜啊?

可是,世上的事有时清清楚楚,有时糊里糊涂,能说得清道得明的又有几人呢?谁也不会想到拥有幸福婚姻的红莲会有外遇。

这事就连红莲自己也不会预想到。

红莲的婚外情来得异常的猛烈,异常的迅雷不及掩耳,竟让红莲措手不及,节节败退,全军覆没。

直到现在红莲也不知道为何当时要鬼迷心窍,但当时红莲的的确确是鬼迷心窍了。

红莲的第三任老公开始并不知道红莲有外遇的事,红莲是个直性子的人,她觉得这事要是再藏在心里,她会发疯的。她直接把这事告诉了老公。她说:"我真的是对不起你,可我也不知道为什么会弄成现在这个样子的。"

第三任老公从那天开始,就再也不肯和红莲说一句话了。老公一天到晚脸上的厚云彩一层摞一层,像是拿手抹一把,随时都能抹下一把雨水来的样子。

最后,第三任老公还是和红莲分道扬镳了。

就这样,红莲的第四任老公粉墨登场。

红莲在心里给第四任老公打的是满分。红莲是这么看她的前三任老公的:第一任老公是公务员,经济条件好。第二任老公身体好,相貌也好,但工作不好,在一家民营企业打工,有时工资照发,有时好几个月不发一分钱。第三任老公在事业单位工作,办公条件非常舒适,收入也很可观,但就是性格太内向了,一天到晚就知道干这干那,从不会说句俏皮话,更不会附在红莲的耳边说悄悄话了。红莲虽然在生活上备受呵护,但红莲过着过着,就觉得生活中少了些什么。少了什么?红莲一时也说不清。第四任老公在红莲心里是德、勤、责、迹样样合格,文就文,武就武,是天下难找的十全十美的男人。很快,红莲就怀上小宝宝了。

就在红莲梦里都能笑醒几回的时候,一副冰冷的手铐戴在了第四任老公的手上!

原来,第四任老公竟是个有命案在身的逃犯!

那天的雨下得好大啊!

红莲拖着笨重的身子,要去法院的旁听席上听听第四任老公究竟为什么杀的人。路上,红莲坐在出租车里,远远看见在离她不远的前方,一辆银色轿车停下来,打车里先下来一个男人,然后打开一把紫色的雨伞,这时从副驾座位上下来一个有身孕的女人,女人依偎在男人的身旁,红莲一眼就认出来了,男的是她的第三任老公……

直到那两个人影在红莲的视线里消失,下车后的红莲都没顾上打开手里的雨伞。

大雨哗哗地下啊,下啊……

红莲在雨里走啊,走啊……

白纸上的秋天

石 兵

七岁时,母亲给他做了一支画笔。这是一支粗糙无比的笔,用一小节柳枝削刻成笔杆,用一段红色蜡烛削尖粘贴成笔尖,虽然外形不好看,但他却视若珍宝。从此,在这个小小的山村里,到处都会留下他涂鸦的痕迹。

没有人教他该如何去画画,但他却画出了无比神似的事物,墙角的小鸭子,青石上的小鱼,水井辘轳上的小花,都被他涂绘得栩栩如生。

有一天,一个路过山村的画家发现了这些稚嫩的痕迹,被这些略显笨拙却独具韵味的画作震惊了,立刻向人打听这位小天才的家。那天,只有他的母亲在家,当画家走入他的家,看到他一贫如洗却被涂满了童真画作的家之后,被深深地感动了。画家要留下钱,被母亲婉言谢绝。于是,画家留下了一张大大的白纸,在背面盖上了自己的印章并写下了联系方式。

画家说,随时可以来找他学画,只要拿着这张纸就行,但前提是,在纸上要看到一个不一样的秋天。

其时正是秋天,霜林轻染,云高风淡,正是这美好的秋景吸引画家来到了这里。画家离开后,母亲默默地收起了白纸,这是一张上好宣纸,洁白素淡,散发着淡淡的香气,就像这大山中的小村落一样安详静谧。

他回家后,母亲取出宣纸,告诉了他画家来访的事。他欣喜若狂,立刻开始在纸上绘画,但很快,他沮丧地发现,自己的"画笔"并不能在这张纸上留下任何颜色,因为蜡笔不是水墨,费力的涂绘只能让这张纸变得皱巴巴的。

但是,如果不能绘制出秋天,自己就不能走出大山,去实现画家的梦想。

于是,他开始想办法在这张白纸上留下痕迹。他采集鲜红的枫叶与金黄的菊花,用它们的汁液调制水墨。一次次的失败没有让他沮丧,渐渐地,他摸索出了一些方法,后来,他终于在宣纸上留下了一缕淡黄,接下来,他开始用母亲做的"画笔"在宣纸上画秋天,但此时,他发现这张纸太小了,自己想画的事物有很多都无处安置,于是,他开始思考怎样才能画出一个完美的秋天。

三年后,十岁的他在母亲的陪同下来到了城市,找到了画家。此时,画家几乎已淡忘了自己的承诺,在回城后,他的画室受到了严重地冲击,早已入不敷出,不得已之下,他只得靠贱卖画作生活,早已没有了当初四处游历采风的情趣。

画家很想随便找个理由打发走这对母子,他打开宣纸,心中打定主意,无论看到任何水平的画作,都会以水平太低为由拒绝教授。但是,在宣纸完全打开的一瞬间,画家愣住了,他居然没有看到任何色彩,在他面前只有一张白纸,他翻开纸的背面,自己的印章与字迹却清晰在目。

在他疑惑的目光下,那个蓬头垢面的小男孩取出一只奇形怪状的画笔,中年妇女则取出一只破了沿的大碗,碗被几块木头分成了几格,格中有五颜六色的液体。男孩小心翼翼地用画笔蘸上彩色液体,在宣纸上画了起来,转眼间,一幅令人惊奇的画便完成了。画面上,有金黄色麦穗,有随风飘落的火红枫叶。叶子即将覆盖在麦穗上面,却被画笔定格了,这一静一动的事物透露出了强烈的秋天气息,令画家目瞪口呆。

还没等画家开口,中年妇女放下了随身带着的一个大篮子,说:"谢谢您留下这张纸,村里没啥好东西,我和孩子上山挖了些山药,您留下吧,我们要回去了。"

画家被这始料未及的一幕惊呆了,竟忘了该去挽留。良久之后,他才回过神来,急忙跟出家门,想去找这对母子,却发现他们早已踪影全无了。画家回到家里,看着桌上的白纸,突然发现纸上的画作消失了,桌上只剩下一张白纸。

他明白了，一定是自制的水墨水分太少，在画完后被宣纸吸收了，让纸又变成了白色，只是，白纸上那个令人心动的秋天却被画家牢牢记在了心里。

从此，画家奋发图强，苦练画技，终于在十年后功成名就。成功后的第一件事，就是跑到大山里找那对母子，但是，他却被告知，这对母子在十年前就离开了，他们并不是这个村子里的人，只是很多年前流浪至此的。

画家没有放弃努力，他想尽各种方式找寻他们，终于在城市找到了他们。在当面向他们致谢后，那个已经长成青年的男孩对他说，其实，自己要感谢画家，是他留下的一张白纸承载了自己的理想，指明了自己的方向，在绘制秋天的过程中，自己历尽艰辛，却明白了一个道理，只要努力，许多看似不可能的事情也会变得不再遥远，而努力的过程才是最令人享受的，至于最后的结果如何，反而变得不再重要了。正是这份勇气，让他和母亲走出了大山，并在历尽艰难后在城市扎下了根。

画家还得知，其实，在进城见到画家之前，母亲就已经知道了画家的近况，所以他们才会留下白纸告辞而去。母亲说，这样做其实也是想再把这份希望留给画家，让他重新振作起来，虽然生活的苦难虽多，但只要心中有一份希望，就一定会有云开日出的一天。

明白了来龙去脉，画家哭了，他要教男青年画画，却被他婉言谢绝了。他说，自己现在有一份不错的工作，早已放下了绘画，只是，那支母亲做的画笔一直珍藏着。其实，生活并非只有一条路，只要心中有希望，白纸上也能收获到一个丰收的秋天。

告别这对母子后，画家回到家，将那张白纸郑重地收藏起来。他告诉自己，这张纸将是他一生珍藏的宝贵事物，因为纸上有一个令他终生难忘的秋天。